FEMME FEMME FEMME

Karine Langlois

Essai

Témoignage

© 2020, Karine Langlois.

Édition : BoD – Books on Demand,

12 / 14 rond-point des Champs-Élysées,

75008 Paris.

Impression : BoD – Books on Demand,

Norderstedt, Allemagne.

Dessin de couverture : Violaine Sausset.

Photo auteur : Audrey Pasquet.

ISBN : 9782322191543.

Dépôt légal : février 2020.

À Roger,

mon homme homme homme

En préambule

Comme l'impression que mon cri s'est mué en chant, entre le moment où j'ai publié mon récit témoignage *Dans la peau* et le moment où je commence à écrire celui-ci, six mois plus tard.

Six mois entre deux rives. Ou plutôt entre la mort lente et la survie.

Solitude du corps, désertion lente de la féminité depuis la rupture avec celui qui fut l'homme de ma vie pendant neuf ans, femme abandonnée sur un rocher en pleine mer, corps écorché, souffrant, à flot encore, la bouche libre pour hurler doucement.

Puis renaissance à deux, retour au pays natal de la féminité triomphante, retour à mon origine, à la source de mon être.

Six mois entre le dernier cri d'amour à l'homme perdu, le cri de désespoir, de regret, l'appel vain à la féminité en partage, à vivre pleinement, et le chant d'hommage à la Femme que veut être ce livre, le murmure amoureux, notes d'espoir à un autre homme, qui a su me donner goût à la vie. Cet homme qui me permet de remplir aujourd'hui la page blanche que j'avais laissée à la fin de *Dans la peau*, avec ces seuls mots écrits : « Et maintenant ? » Des mots pleins du vide de la femme qui n'a plus rien à vivre, du vide de l'auteur qui n'a plus rien à écrire. Qu'allais-je faire, être, le restant de mes jours ?

Je suis femme. Aujourd'hui.

Je ne l'étais pas à vingt ans, à vingt-cinq non plus et la femme balbutiait en moi à trente ans. À la naissance, on a toutes un sexe de femme qui nous identifie comme telle, et pourtant l'essence de la féminité est ailleurs, moins dessinée, plus floue, à faire être au fil des années, au fil des expériences de vie, de l'évolution de la confiance en soi, de sa vision de soi et de la Femme en général, de sa capacité à y correspondre, et à se poser la question : c'est quoi être une femme ? Est-ce un être d'abord invisible, enfoui en soi depuis la naissance, en gestation lente, qui viendra au monde quand il sera prêt ? Est-ce un être qui émerge vaille que vaille, même incomplet, et se construit année après année ? Est-ce un savant mélange d'inné et d'acquis ? Est-ce un autre être qui chasse l'enfant en soi, à l'âge que l'on appelle puberté, ou plus tard ? Est-ce que cet être « féminin » fait partie de toute femme ? De quoi a-t-il besoin pour advenir ? De soi seulement, des autres ou des hommes en particulier ? N'y-a-t-il pas des visions différentes, des images, des profils de femme ou peut-on ériger des caractéristiques de ce qui fait Une Femme, La Femme ?

J'ai écrit : « Je suis femme ». Je pense donc que je sais ce qu'est une femme. L'ayant affirmé tardivement, je crois pouvoir donner mon point de vue sur ce qui fait naître la femme en l'individu de sexe féminin. C'est parce que je suis devenue femme tardivement que j'ai envie dans ce livre de partager mon ressenti sur ce qui fait la naissance et la construction d'une femme, d'une femme assumée. C'est parce que je me sens mieux depuis que je suis une femme que j'ai envie d'écrire sur ce sujet, c'est parce que je sais que ce n'est pas facile de se considérer comme une femme et parce que les deux hommes de ma vie me voient, m'ont vue, comme une femme vraie, entière, absolue, que je pense pouvoir me pencher sur cette question. Mon observation de moi-même et des femmes autour de moi sera le fondement d'une réflexion plus universelle.

Qu'est-ce qu'une femme ? Qu'est-ce que la féminité ? Est-on pleinement femme si l'on n'est pas mère ? La féminité passe-t-elle obligatoirement par l'accessoire, le vêtement ? Est-on femme sans aimer follement ou être aimée de même ? Est-ce que seul le sentiment amoureux peut faire éclore la femme en soi ? Est-on femme sans avoir joui ou fait jouir ? La femme est-elle liée à la séduction, à la sensualité, au désir, plus que l'homme ? Quels sont ses atouts par rapport à lui pour être davantage faite, selon l'avis répandu, pour aimer, ressentir, dire ou écrire les émotions ? La femme a souvent envie ou besoin d'être représentée, elle aime être face à son image : est-ce être superficielle, ou courageuse et profonde au point de s'interroger ou travailler sur ce qu'elle renvoie d'elle-même ? Elle est plus souvent l'objet ou le sujet (encore une question à interroger) de représentations dans les arts ; elle aime poser pour les photographes, les peintres, les sculpteurs : faut-il avoir déjà confiance en soi, en son corps, pour le faire, ou est-ce en se confrontant à son image et en l'acceptant que l'on prend confiance, petit à petit ?

La femme est un corps, la femme est une âme, les deux doivent s'entendre, ils ne peuvent être dissociés. La femme est liée à l'Art parce qu'il est siège d'émotions (elle est en quête de vie du cœur), parce que l'Art est lié à l'image et que la femme est associée à l'importance de l'apparence, parce qu'il est le Beau et que la femme est associée à l'idée de beauté. Peut-on se voir femme lorsque l'on se considère laide ? Peut-on se voir femme si l'on n'est pas séduisante, si l'on n'est pas séductrice ?

Autant de questions autour de l'essence de la féminité, sujet dont je me rends compte qu'il est le fil conducteur de tous mes livres précédents : la métamorphose du corps, l'apprentissage du corps, de sa sensualité, de la séduction, les effets de l'amour sur le corps, sur l'âme, apprendre qui on est, chercher son identité, surtout quand on a été malmenée par les épreuves, les souffrances, dans son corps, dans son cœur. Aujourd'hui j'ai un corps de femme, une âme de femme, j'essaierai de définir ce que cela veut dire pour moi. J'espère, d'un regard singulier, parvenir à une vision plus universelle qui fera réfléchir ou rejoindra le regard d'autres femmes.

Je crois qu'être une femme, avant tout, c'est accepter d'être une femme, c'est la principale chose que j'ai apprise. On peut devenir femme quand on veut l'être ; on ne le devient pas forcément, mais la volonté d'être une femme est la condition sine qua non. Ne pas subir son statut de femme, le revendiquer pleinement comme un atout, une force, la plus belle chose qui pouvait nous arriver, pour espérer avoir une vie riche.

Vous l'aurez compris, je cherche à rendre hommage à la Femme et à définir la Femme Majuscule, dans une vision exigeante qui dépasse la biologie ; je ne prétends évidemment pas en être moi-même à la hauteur. Je suis femme ; femme pleine, probablement pas.

La vraie femme a plusieurs vérités. Elle est charnelle, sensuelle, sexuelle, femelle même parfois, mais aussi spirituelle, libre, sans complexes, sensible, naturelle, instinctive et intelligente.

La femme est femmes.

Allier harmonieusement les contraires pour être belle, pour être Elle.

Et pour être Femme, Femme, Femme.

Chapitre 1 : Être une femme c'est être des femmes

Chapitre 2 : L'essence d'une femme ce sont les sens

Chapitre 3 : Reflets de femme

Chapitre 4 : Vraie nature de femme… est dans le verbe et dans le geste

Chapitre 5 : Femme et maternité

Chapitre 6 : Âme d'artiste

Chapitre 7 : L'homme est-il le devenir de la femme ? (Et réciproquement)

Chapitre 1 : Être une femme c'est être des femmes

Une femme, une vraie femme, c'est avant tout celle qui se sent femme.

Le plus difficile, le plus long étant de parvenir à se sentir femme. Mais pas juste un peu. « Absolument », comme l'écrit Adeline Fleury dans son essai personnel qui porte ce titre. Une femme absolue... En soi, intrinsèquement, sans le besoin du regard, de l'adhésion de quiconque que soi-même, dans un lien, une relation intime de soi à soi, sans contingences extérieures, sans restriction, sans « mais ». Femme totale, complète, épanouie.

Se sentir une femme avec des manques, des carences, des complexes, des défauts, se sentir une femme à moitié, une moitié de femme, est-ce être une femme alors ? Celle-là, je ne le suis plus. Je me sens presque pleine, pleine de toutes les rondeurs qui me vont : la tête et le cœur ronds et denses, le corps rond et plein fait pour la danse. Le but de la vie est de viser la complétude, l'entièreté de son être. La construction de soi peut prendre du temps ; certaines acceptent de vivre à moitié, en se sentant inachevées, insatisfaites de ce qu'elles sont, par manque d'estime de soi, d'ambition pour soi (ce qui est lié), par ignorance parfois de ce qui leur manque, par peur d'échouer à être le meilleur d'elles-mêmes.

Je me suis longtemps vue comme une enfant, surtout par le corps. Je me sens femme aujourd'hui, aussi ai-je eu envie de définir ce qui fait, selon moi, que l'on se sent femme. C'est pouvoir laisser exister toute sa complexité, tous les êtres que l'on a en soi, tous les visages de sa féminité. Un être féminin au visage unique et lisse attire moins l'intérêt qu'un être multiple, en mouvement, avec la part de charmant mystère liée à sa diversité.

Être une femme c'est être des femmes, et l'accepter, l'assumer, le montrer.

C'est être toutes les femmes, être un modèle unique issu de l'union de tous les genres de femmes qui peuvent se rencontrer, c'est être l'universel dans l'unique, dans l'intime, être soi en étant la femme universelle.

Je veux que mon homme ait avec sa femme toutes les femmes du monde, qu'il ait accès au monde féminin dans sa totalité, au monde solaire et au monde lunaire, au passé, au présent et à l'avenir, à l'ici et à l'ailleurs. La femme sera une constellation d'étoiles, elle sera tour à tour, selon sa révolution, la danse de ses humeurs, le voyage de ses visages, de ses corps, les rayons différents de son âme :

Elle sera l'enfant à protéger, avec ses mines perdues, tristes, insouciantes ou capricieuses, avec ses moues adorables ou irritantes, innocentes, désarmantes, avec ses vœux d'amour éternel et ses coups de pied administrés à l'instant, avec ses yeux mouillés ou émerveillés, brillants d'écarquillements perpétuels de premières fois, l'enfant attendant tout, surtout des miracles, comme des évidences.

Elle sera l'épouse, celle qui protège, qui semble avec assurance connaître le passé, le présent et l'avenir, la dame du foyer, qui sait aider, donner, réchauffer, épauler, avec douceur, tendresse ; elle sera la veilleuse, la lampe, le génie de la maison, l'œil qui contrôle de sa lueur permanente, attentive, bienveillante, qui troue l'obscurité, débusque en un flash meurtrier et fusille l'ennemi, qui apaise et rassure et rend les armes une fois le mal éloigné ; elle sera l'égale de l'homme dans cette fonction faite de réciprocité.

Elle sera aussi la femme plus âgée, la mère, toujours, pour ses enfants, et parfois pour son homme, quand il faudra le consoler d'une perte, le guérir d'une blessure, l'assurer d'un cœur toujours ouvert, d'une écoute, d'une présence éternelle et d'un avenir serein.

Elle sera l'amante, celle qui caresse, qui anime l'instant, ouvre et ferme le ciel en même temps que ses bras et ses jambes, fait grandir l'incendie, de la fleur de son lac jusqu'aux étoiles, l'amante aux mille visages de l'amour sensuel, la gardienne du temple qui n'accorde l'accès sacré qu'à l'élu, ardemment, avec l'abandon du corps et le dévouement de l'âme ; elle sera la déesse, la femme fantasmée qui déploie l'imaginaire amoureux, celle que l'on adore, qui prend des poses de statues, de modèles, qui aide à faire rêver et à tendre vers un idéal, la muse à qui l'on écrit des poèmes, des odes, des blasons, la femme qui par moments cultivera le flou, l'irréel, la distance, par jeu, par provocation, pour mieux faire revenir, pour redevenir plus proche, plus réelle. Jouer « pour de faux » un jeu d'adulte, d'éloignement, de jalousie aussi, pour mieux se retrouver érotiquement ; après l'illusion de la perte, le mirage de l'inaccessible étoile, mieux voir, revenir sur terre, être plus près, complice, serrer son rêve, fort, entre ses bras.

Et une déesse devenue femme, c'est plus beau qu'une femme faite déesse. Quand un homme voit ainsi sa femme, c'est qu'il la voit vraiment et qu'il l'aime.

La Femme est les femmes ; et elle est la tête, les épaules, les yeux, les mains, le sexe, chaque partie d'un corps en lien avec l'une des facettes de l'âme. Elle gagne la possession pleine de chaque partie de son corps en la donnant. Elle a tous les âges, en retard, en avance, et à l'unisson du temps de son corps, selon ses envies, ses besoins, ceux de l'autre aussi, qu'elle suit librement.

Enfant, épouse, mère, amante, elle est Femmes. Regard, épaule, mains, bras, sexe, elle est Femmes.

Et je ne trouve rien de plus beau qu'un homme qui dit « Ma femme », en toute conscience, en sachant qu'il a dans son cœur et dans ses bras cette femme multiple, en pensant qu'elle est « La Femme », à laquelle il rend hommage en la voyant ainsi : unique, toutes, mais à personne et sienne.

Chapitre 2 : L'essence de la femme ce sont les sens

Je ne suis devenue femme que lorsque j'ai pris conscience de mon corps, de l'importance de s'y sentir bien, que lorsque j'ai perçu sa séduction sur le premier homme que j'ai aimé, lorsque j'ai entendu, et réussi à intégrer ses éloges et sa manière de l'élever au rang de création artistique, et aussi de source de plaisir et de bonheur. L'échange amoureux passe par le corps, le langage du corps permet à une femme de dire qu'elle est femme.

Je n'ai longtemps voulu être qu'une tête qui pense, réfléchit, et un cœur qui aime ; j'étais un être sensible, pur, un être humain, mais pas une femme. Je ne me suis sentie femme que lorsque les autres parties de mon corps ont existé, ont pris vie. La vie du corps est aussi essentielle que la vie de l'âme, elles se répondent, elles doivent s'entendre. Moi et mon corps, on ne s'entendait pas bien, et j'allais mal. Je m'effaçais, j'effaçais mon corps. Maintenant que j'aime mon corps, que j'accepte qu'il ait une existence, j'existe à part entière, je ne m'efface plus, je suis présente dans la vie.

Une femme s'incarne, dans chaque parcelle de son corps. J'ai été en exil de mon corps pendant les années d'adolescence, longtemps après encore, jusqu'à l'amour vrai qui permet au corps un retour au pays natal et de rejoindre la source de sa féminité.

Mon corps a pris sens, mon corps a pris cinq sens.

Pas besoin du fameux sixième, l'instinct est dans tous les autres, pleinement éveillés et épanouis, quand le corps suit le désir de vie qui va lui donner ses lignes. Ses lignes de vie, ses courbes. Pas seulement une avalanche de sensations sur le mont, le massif central. Non. Un rayonnement, venu sûrement en premier du cœur, cet excentré qui est le vrai centre du corps, la diffusion d'un philtre qui coule, qui se répand plus vite que le sang et va courir, galoper dans toutes les veines, dans tous les pores, avec une force si féconde que la vie des sens commence son bouillonnement à l'intérieur, invisible, souterrain, dissimulé, inquiétant presque, va au fur et à mesure faire ses bourgeons en surface, à la surface de la peau, pour éclater en bouquet radieux, dans un sourire, un regard, le geste d'une main.

Et chez une femme, le printemps tardif est plus beau que le printemps précoce.

Une femme qui a longtemps attendu l'éclosion en elle connaît un mûrissement d'autant plus beau. Elle porte une vision adulte sur ce qu'elle n'espérait plus devenir et en mesure la chance, les possibilités, mieux que celle qui a pu en jouir tout de suite sans l'imaginer ou le rêver. Elle peut espérer être mieux que celle qu'elle a rêvée. Connaître l'intensité d'une absence permet de mieux apprécier l'intensité d'une présence. Ne pas avoir et mieux posséder ensuite.

Posséder ses cinq sens, en état de marche, pas en état de veille, c'est ça être femme.

Posséder le goût. Jouer et jouir de sa langue humide sur ses lèvres, en déposer le goût à l'ouverture de celles de son homme, comme la clé d'un palais gorgé de sucre, la promesse, le sésame d'une caverne de délices et de pâtisseries à la rose. Picorer, lécher, laper, absorber, avaler, dévorer la vie, la laisser se déposer, entrer et couler en soi par la saveur juteuse d'un fruit, la fraîcheur apaisante d'une eau, la délicieuse brûlure d'une soupe, la douce mouillure d'un baiser, la langue audacieuse d'un amant.

Posséder l'odorat. Respirer sa liberté, humer l'air du temps et fermer la fenêtre, être dans l'instant, fuir les agressions olfactives, le vulgaire, réduire son monde aux parfums délicats, naturels et fleuris, à celui des gens qu'on aime, cultiver sa peau, son jardin parfumé, son humus, pour que l'amant y trouve sa terre des origines, l'air qu'il respire, son eau et son feu. Aimer son bouquet d'odeurs de femme, de sa chevelure à sa toison, avec toutes les nuances indescriptibles qu'un homme amoureux saura vous dire et dont il saura vous rendre fier, comme si vous étiez un nez unique, une créatrice de parfums d'exception. Être une femme fleur.

Posséder l'ouïe. Entendre le pas de la vie dans ses tempes, le temps du monde qui suit les battements de son cœur qui vit, qui s'accélère, résonne aux rythmes de la nature et à l'unisson d'un cœur qui bat sur le sien. Ne plus guetter ce silence de mort qui accompagne le deuil, le départ, l'absence, le chagrin sans nom, sans son, car pouvoir entendre le bruit et la fureur de ses propres mots qui envahissent l'espace, le vacarme de ses larmes, c'est encore appeler, c'est encore demander du secours, de la vie, une présence. Souffrir en se taisant, c'est ne plus pouvoir vivre, c'est s'effacer, essayer de n'être plus rien ; la voix, la parole, c'est l'être humain, l'être humain debout. Comment entendre le monde si l'on ne veut plus s'entendre soi-même ? La femme épanouie s'ouvre aux accents de sa propre voix, à ses charmes, à ses inflexions, joueuses, cajoleuses, érotiques, à son propre rire. Ah ! Le bruit de mon rire ! La femme véritable rit, et plus elle rit plus elle en a envie car elle jouit à l'écoute de son rire, spontané, expression de sa liberté. Chaque éclat de rire est une victoire pour moi. Je me rends compte à quel point rire m'a manqué pendant toutes mes années de souffrance. Cette éruption montée du cratère de mon ventre, ce séisme qui fissure le silence, ces tremblements physiques qui rassemblent les morceaux d'âme, ces tressautements qui font exploser la mort, ces doux bégaiements de vie, ce long flot d'insultes expulsées en hoquets, d'insultes au destin, aux attaques polies du temps qui donne et reprend les êtres, qui distribue injustement les cartes. Garder dans la manche sa carte maîtresse : son rire roi, cette nouvelle respiration, qui fait la femme reine, qui envoie tout valser, qui pulvérise le solennel, le grave, le sérieux. Des éclats de rire par milliers pour s'entendre vivre, bloc d'humour contre le puzzle du temps qui veut tout nous prendre, voix enchanteresse pour dire au temps : donne-moi mon comptant de rires, j'ai un avoir important, on solde les comptes. Je crois que ma voix a charmé le temps : il m'a écouté.

J'ai longtemps réclamé le silence : c'était ma manière de réclamer la paix, celle de la mort. Avec le bonheur qui entre à plus de quarante ans dans ma vie, je réclame le bruit, celui que je découvre fait pour moi, pour mon monde, celui qui se glisse dans ma vie dans des souliers de satin, pas le bruit des guerres familiales que j'ai subies trop longtemps sans pouvoir les fuir, avec ses cris, ses querelles, la folie des hommes, des femmes, des enfants, pas le bruit des casseroles assourdissantes que traînent aux pieds la violence et la bêtise, qui les annoncent, les précèdent et les suivent ; résonnent malheureusement longtemps, longtemps, leurs échos, et se dessinent leurs contours, comme des fantômes du passé, qui parlent dans les cauchemars, agitent leurs chaînes et ralentissent la marche, boulets invisibles aux pieds. Je réclame des bruits délicats, la musique douce de la nature, des chants d'oiseaux sans les bourdonnements du passé, sans les éclats d'obus maternels qui pètent dans ma tête de vétérante du malheur ; je réclame l'écoulement tranquille de l'eau sur les cicatrices de ma peau, son chuintement paisible, son doux sifflement contre ses reflets, je réclame le souffle de l'invisible dans mes arbres, je réclame les appels de la forêt, de la mer, de la faune et de la flore, je veux tendre l'oreille aux murmures de la feuille, aux chuchotements du sable, accueillir le léger claquement consciencieux de la langue tendre de mon chien sur mon bras, le crépitement des petits baisers précipités de mon homme sur mon corps, la mélodie aux notes légères de ses mains qui effleurent ou massent mon dos, sa respiration, des mots-caresses au creux de moi, je veux m'entendre chanter et dire l'amour et la liberté à celui que j'aime, m'ouvrir à la parole de quelqu'un qui me fait du bien, n'entendre que le chant du monde et fermer l'oreille à son cri.

Posséder la vue. Une vision juste, vraie de soi, se voir, accepter de se voir, ne pas refuser de dire ce que son corps a de beau par une modestie qui voisine le complexe, accepter sans souffrance d'avoir des défauts. Ce ne sont pas les femmes aux formes « parfaites » qui séduiront le plus les hommes ; ce sont celles qui ont l'assurance sans vanité de leurs atouts et un rire séduisant, une autodérision désarmante sur leurs petites disgrâces qui disent l'expérience et la maturité. Une femme qui assume ce qu'elle fait, qui elle est, totalement, envoie un signal de féminité qu'entendent les hommes, qui comprennent qu'ils n'ont pas affaire à une poupée rigidifiée dans sa perfection lisse, avec qui ils ne pourront pas jouer, au corps sans vie, sans humanité finalement, où rien n'est à découvrir, une silhouette sans attentes, sans sursaut ou renouveau du désir d'un doigt à la rencontre d'une ligne de lune plus ronde, d'une constellation adorable de ridules, du rebond d'une hanche, d'un ventre, d'une joue, d'une lèvre.

J'ai longtemps refusé de me voir, parce que je ne voulais pas être un objet de désir, je ne voulais pas plaire, encore moins séduire.

Je me suis vue pour la première fois dans l'œil de mon premier amour, ou plutôt j'ai essayé de concevoir ce qui pouvait le séduire dans mon corps. J'ai entendu ses compliments, j'ai mis du temps à admettre que certains pouvaient être vrais parce qu'il faut se sentir heureuse pour pouvoir s'aimer. Pourtant je sais aujourd'hui qu'objectivement on peut m'envier un 36 que j'avais déjà à l'époque. Mon premier amour m'a aidée à m'aimer, je l'en remercie. J'ai voulu m'aimer et me voir femme pour qu'il puisse m'aimer, encore, le plus longtemps possible. Une femme a besoin pour exister de connaître son pouvoir érotique sur l'homme qu'elle aime. Pour ma part, je n'ai pas besoin de connaître ou de jouir de ce pouvoir sur les autres hommes. Je ne cherche aucunement à l'exercer sur eux ; j'ai besoin que l'érotisme nourrisse l'amour de celui qui me voit comme sa femme, comme celle qu'il désire plus que tout autre, celle qui l'éloigne de tout autre même, que mes charmes soient son champ magnétique, j'ai besoin d'exercer la douce dictature de la femme unique. Je connais ce bonheur avec l'homme qui partage ma vie aujourd'hui.

La prise de confiance en ses atouts physiques peut être longue : elle n'était que partielle quand j'étais avec le premier homme que j'ai aimé ; son regard sur moi a été capital, vital même dans mon existence de femme, et ce n'est pas sa faute si je n'ai pas réussi à me voir pleinement dans son regard. Je ne maîtrisais pas totalement la langue de ma peau, je n'ai pas pu m'exprimer autant que je l'aurais voulu, mais je l'ai fait. Le parcours est long, progressif, c'est tout : c'est mon histoire précédente, de moi avec moi, avec mon corps et l'absence d'attrait pour son existence autre qu'utilitaire, avec l'absence de compliments, de valorisation des gens qui ont été importants avant cet homme. Mon corps est né et a grandi, changé avec lui, pour lui.

Il a connu toutes les saisons d'une passion, de la gestation à la disparition, mais dans un dérèglement climatique chaotique et douloureux. D'abord un long hiver de trente ans, corps désert de désir et de vie, paysage peu généreux, presque sans reliefs, d'une blancheur livide. Il n'attendait rien, il laissait venir, sans le savoir peut-être, une autre saison. Puis l'irruption d'un soleil d'hiver qui a ouvert le passage au printemps, à l'éveil soudain et violent, qui a fait rougir la « morne plaine » de mon corps et en a modifié les contours et les attentes. Avec La rencontre de l'homme du sacre du printemps, mon corps est devenu un territoire amoureux ensoleillé où les monts s'élèvent et se gravissent, les fleurs s'épanouissent et les zones d'ombre s'explorent, secrètement, intimement. Par les mots de mon amant, la blancheur de mort de ma peau est devenue neige éternelle, et le méprisable bas-ventre velu, une fleur de sève au doux suc parfumé, les lèvres sèches sont devenues de douces rosées naturelles, les bras inutiles, des branches souples aux caresses et au feuillage dense et étendu, les jambes, mécaniques d'une marche aveugle, des lianes fermes où accrocher sa direction dans le ciel, les mains vides, des coques prêtes à contenir la Nature entière, les petites excroissances gênantes du buste, des germes flamboyants de féminité, les yeux poussiéreux, des astres au bleu fêlé mais lumineux, étoilés de désir, les cheveux châtain terne, une galaxie de nuances de blond étendue sur un oreiller, et mon ventre, mon ventre vierge, sans ligne d'horizon, est devenu terre inépuisable, rassurante, où ancrer un avenir fertile de désirs et de plaisirs. Une peau à la blancheur de mort s'est tatoué le ciel rougi de la passion partout, jusqu'à la brûlure. Terre brûlée du pas de mon amant, de son souffle, de son empreinte, de son corps aussi blanc que le mien, de ses yeux d'au-delà, ses yeux de vert horizon dans mes yeux de ciel bleu.

Ce printemps du corps a apporté l'été. Mû par le cœur et l'esprit pleinement amoureux, le corps a grandi, a mûri, a appris : il a vécu. Parce qu'il a compris pourquoi il existait. Des formes qui s'épanouissent sous le soleil intégral et brûlant de la passion, armes tendres de la séduction pointées sur l'amant tant aimé, les leviers de l'enfance levés, le corps libéré de ses gaines invisibles, explosion de sensualité, attentat presque revendiqué contre l'état de sagesse. Aimer un peu son corps dans le miroir, s'aimer un peu en miroir, c'est une folie douce pour une femme qui devient, pour une femme qui n'a jamais connu un modèle féminin dans la glace, celui de la mère, pour qui cette mère ne devait être qu'un reflet qu'on doit inverser pour espérer ne plus être une ombre un jour. Pendant l'été de la passion, l'été de mon corps, je suis passée de l'état d'ombre à la conscience d'être un reflet dans un miroir. Quelqu'un est apparu dans mon miroir, et quelqu'un que je voulais bien voir, qui me ressemblait et que je voyais enfin. Un vrai renversement !

La rupture avec L'homme a amené l'automne : le corps a chu comme une feuille morte. Il s'est tordu de douleur, je l'ai senti se renverser sous le chagrin qui l'a abattu, déraciné même. Il s'est immobilisé, terrassé, en cruel manque d'amour. Une vie douloureuse l'agitait encore en-dedans, mais en surface, il s'est éteint. Étendu pendant de longs mois, loin physiquement de celui qui aura été l'homme de ma vie pendant neuf ans, loin de celui qui pouvait lui donner du sens, seules les attaques permanentes du mal pouvaient lui rappeler qu'il n'était pas mort. Il aurait préféré l'être.

Inactif, sans envie d'exister, torturé par l'âme amoureuse qui l'habite encore et qui souffle comme un diable, ce corps change. Il n'est pas laid, il s'épaissit un peu, mais je ne le vois plus. Une couche d'ombre, fine mais pesante, a recouvert ses seins, son ventre, ses hanches, ses fesses. Je n'ai plus un regard amoureux sur moi pour percer cette ombre qui me fait perdre le peu de confiance en moi que j'avais gagnée.

Il ne me regarde plus, mon homme, je ne me vois plus, je ne suis plus une femme. Ma peau est morne plaine. Et j'en souffre.

Je veux redevenir une femme, pour lui, pour retrouver son regard même dans la nuit de son absence.

C'est maintenant que je vais évoquer comment j'ai recouvré partiellement la vue. C'est une expérience que je qualifierais de thérapeutique, que j'ai connue par étapes, qui demande un petit investissement financier, mais dont on retire beaucoup de bénéfices en termes d'évolution personnelle et de regard sur soi. Rien ne vaut le regard artistique qu'un homme amoureux (et spirituel) peut avoir sur sa femme, mais pour essayer de me retrouver telle que me voyait mon premier amour, le miroir n'était plus un allié. Ces alliées qui ont pu changer mon regard sur moi, ce sont des femmes photographes. L'expérience photographique est une recommandation que j'adresse à toutes les femmes. Elle a commencé pour moi début 2017, et continue depuis, sous des formes diverses.

Étrangement elle a débuté avec le personnage de mon second roman, *Pas sur la bouche*. Delphine est une jeune fille de douze ans qui va connaître l'épreuve traumatisante du viol. Comment reprendre possession de son corps, surtout à l'âge où débutait à peine la puberté, où l'on ignore même ce que signifie la féminité ? C'est l'interrogation principale de ce livre paru en 2019 mais que j'ai fini d'écrire en avril 2017. La métamorphose du corps est un sujet sur lequel j'aime écrire car la perception de son propre corps, l'évolution de cette perception sont au cœur du processus de connaissance de soi, d'acceptation de soi et de progression vers un sentiment de liberté, essentiel au bien-être, voire à la joie d'exister. Mon personnage commence par nier ce corps et ses attributs qui ont attiré un homme pervers, puis refuse de garder ce statut de victime. Delphine passe alors par différentes phases, fait des erreurs pour oublier qu'elle va mal, humilie, cherche à dominer les garçons qui continuent à ne voir son corps que comme un objet sexuel. Corps encombrant, toujours, mal perçu, avant de suivre les bonnes voies vers un autre regard sur soi. Regard positif difficile à trouver, pour beaucoup de jeunes filles, surtout quand on a subi une agression, quand on a été salie dans sa chair d'ange. J'ai alors pensé, à ce stade de mon écriture, au regard artistique qui a cette faculté de rendre le monde plus beau et à la possibilité pour mon personnage d'exposer son corps aux hommes autrement, d'exposer son corps à des hommes, certes, mais dont la manière de regarder une femme peut dépasser la vision liée au désir sexuel : les artistes. Pour Delphine, poser devant un photographe serait une manière d'être vue comme une œuvre d'art, avant tout autre préoccupation. Son regard sur son corps a commencé à changer à partir de ces séances dénudées.

La fiction a donc été une prémonition de la réalité pour moi. À aucun moment en écrivant ces pages je ne me suis projetée en Delphine ou sentie capable de faire ce qu'elle faisait. L'envie timide n'était pas là non plus, ce personnage n'était pas moi du tout, même pas un moi qui aurait réalisé des actes que l'auteur ne pouvait faire dans la vraie vie. Cette option de la photographie comme salut m'a semblé une nécessité dans le parcours de mon héroïne. La fiction a dû me conduire, inconsciemment, vers la bonne voie pour moi. Mon personnage a agi avant moi. C'est peu de temps après l'écriture de ces pages sur la thérapie par l'art que mon premier roman *Raphaël* a commencé son parcours vers l'édition. Il m'a semblé utile, n'ayant aucune photo présentable de moi, de faire réaliser quelques photos portrait avant d'intégrer le catalogue de la maison d'éditions qui allait faire paraître mon livre. Être prise en photo ne m'était quasiment jamais arrivé. Quelques photos d'enfance traînent dans les tiroirs, je m'y trouve horrible. Mon moteur, pour cette petite épreuve photographique, était de faire une séance avec ma chienne Elfie. Je souhaitais immortaliser notre complicité et rendre justice à sa beauté, garder une belle empreinte d'elle qui avait déjà huit ans, et proposer une photo auteur avec elle. Il faut dire qu'elle est un personnage de mon premier roman. La séance avec la jeune Morgane au studio s'est très bien passée. Elle a su me dire comment me positionner avec Elfie, j'ai fait quelques photos seule aussi. La présence de ma chienne, la simplicité de la photographe m'ont permis d'être naturelle autant que je pouvais l'être à l'époque. Le sourire restait timide, j'ai toujours été discrète. J'avoue avoir été surprise par le résultat de la séance. Je me focalisais bien sûr sur notre couple, à Elfie et à moi, qui m'émeut forcément, mais je trouvais aussi, pour la première fois de ma vie, que je n'étais pas trop laide. Je découvre un art qui parvient à faire ressortir la personnalité, à changer le regard sur soi, qui aide à se voir et à s'accepter. Peu de temps après, un concours est organisé pour les chiens. J'ai envie de refaire une séance photo, qui mettra en valeur ma chienne. Le moment de la réalisation des photos est important, il n'y a pas que le résultat. C'est un moment très agréable d'échange, de partage. Et cette fois avec une autre femme photographe du même studio. J'ai toujours chez moi ces cinq magnifiques clichés d'Elfie en extérieur, souvenirs précieux d'elle. Le parcours thérapeutique avec la photographie a continué, de manière inattendue, presque par effet du hasard depuis le début. Dans la boutique, en allant découvrir la projection des photos d'Elfie, je découvre un album réalisé avec une cliente, une très jolie femme. Je l'ouvre, je le feuillette, je suis admirative de la beauté de l'objet, du travail photographique en noir et blanc et de la lumière qui se dégage de cette femme. La photographe m'explique ce qu'est cet album. Il s'agit d'un album boudoir. Le projet consiste à faire ressortir la sensualité de la femme, à travers des photos sans vulgarité, la plupart en lingerie, et comprend la discussion sur ce qu'attend réellement la cliente de cette séance, la séance elle-même d'une heure et demie environ dans un très beau cadre, une chambre d'hôtel louée par la photographe, le choix des photos et la réalisation de l'album selon son budget. J'en reste là, c'est cher de toute façon. Et j'y repense. En l'espace de quelques jours, ce qui me semblait à des années-lumière de moi me semble à ma portée, fait pour moi, même si je pense que le résultat ne sera jamais à la hauteur de ce que j'ai vu. J'en reparle à la photographe, qui me trouve très courageuse, et me confie que la superbe femme sur les clichés voulait annuler le matin même de la séance.

Peu de femmes en fait ont l'audace de se lancer dans ce projet. Tout comme Elfie m'a motivée précédemment, c'est mon premier amour, perdu, qui me donne la force. Je suis à l'époque toujours anéantie par son absence, sans but dans la vie, je ne me sens plus femme et je suis un peu moins mince que celle qu'il a connue. J'ai besoin de me réconcilier avec mon image, de me voir aussi telle qu'il m'a vue lui, l'homme amoureux. Il faut que je trouve sur ces photos la femme belle et sensuelle qu'il admirait. C'est une manière de trouver encore une fois notre amour, en images. Voir la femme qu'il aimait sur ces photos, c'est retrouver son regard sur moi. Et je continue, en 2017, après quatre ans de rupture, à faire les choses en pensant à lui. Je sais de manière très réaliste qu'il ne reviendra jamais, qu'il ne le peut pas, malgré son désir, mais le peu d'existence que j'arrive à sentir encore en moi est pour lui, pour penser à lui, pour l'aimer, pour essayer d'exhumer encore un peu de féminité et correspondre à ce qu'il aimait, au cas où je le rencontrerais, par hasard, n'importe où, n'importe quand. Peut-être un jour aura-t-il l'occasion de voir cet album et de retomber instantanément amoureux de celle qui y apparaît et dont il saura tout de suite qu'elle a fait cela pour lui. Tout comme je lui ai dédié déjà un livre, des mots, je lui dédie des images. C'est toujours lui qui me donne l'audace de faire les choses, moi qui étais si timide, si effacée. Ce projet d'album boudoir me redonne un peu de vie. Je choisis les ensembles lingerie, j'achète de nouvelles choses aussi, je pense aux objets que je vais apporter pour que l'on me retrouve dans le décor de cette chambre d'hôtel, je pense à l'histoire que je veux raconter, à la manière dont on va mettre en place les photos dans cet album, à des photos où je serai endormie d'abord, dans le lit, et à des sourires, des poses plus « vivantes » ensuite, à une progression vers le mieux-être racontée en images. Je sens que se développe mon sens artistique dans ce projet. La séance se passe bien, entre mes idées et celles de la photographe. C'est un travail d'équipe aussi, je n'en ai pas l'habitude, j'ai toujours travaillé seule. La photographe me montre des photos au fur et à mesure, pour me donner confiance. Elle me trouve jolie. Moi j'ai encore du mal, mais sur certains clichés, je dois avouer que je commence à m'apprécier. Céline, pour capter certains regards, me dit d'imaginer Yannick en face de moi. Ce n'est pas évident, j'essaie de retrouver mon regard de femme amoureuse. J'ai aimé cette expérience, j'ai aimé choisir les photos ensuite, composer l'histoire en images, même si mon cœur se serre en pensant que l'homme que j'aime ne verra jamais cet album. La photographie, l'art en général, me plaisent de plus en plus. Ils m'aident à avoir quelques flashs de beauté dans mes journées encore si sombres. Très peu de temps après cet album, en juillet 2017, j'ai contacté une photographe dont j'appréciais le travail exposé dans un restaurant. J'ai visité son site internet, je lui ai acheté une photographie en lien avec la féminité.

Notre rencontre à cette occasion s'est très bien passée : c'est quelqu'un de positif, d'ouvert, de sincère. Je m'intéresse de près à ce qu'elle fait ensuite, je sens que c'est quelqu'un de bien. Sa fréquentation a eu une belle influence sur moi car même si je suis toujours très mélancolique, voire désespérée, je suis sensible à sa vision positive de la vie, à sa passion pour son art, à sa volonté d'aider et de partager, sans chercher une contrepartie. On rencontre peu de gens comme elle, et plus je la connais plus j'en suis persuadée. Elle me fait rencontrer des artistes humains, avec une vraie sensibilité, qui proposent de belles œuvres. Cela fait du bien. Même si le fait de ne partager rien de tout cela avec Yannick me fait du mal. J'ai proposé différents projets ensuite à Audrey, mon amie photographe, un vrai travail d'équipe pour créer du beau et du sens, en images. Nous avons réalisé ensemble un livre de vie, comme elle l'appelle, qui mêle mon histoire d'amour, faite d'absences et de manques, et mon début de renaissance par l'écriture sur cet amour. Cela nous a conduites à un très bel album, « Le Corps de l'écriture », et à une exposition aussi ; j'en suis très fière. Deux sensibilités conjuguées, des confidences, pour arriver à un album intime et universel. J'ose dire mon histoire, sans honte et même avec fierté, j'en fais un objet d'art, par mes livres et par la photographie. Audrey a réalisé ensuite des photos de moi dans le cadre d'une chambre d'hôtel de charme, de nouvelles photos auteur plus sensuelles et la couverture de mon livre *Dans la peau*. Je suis sur la couverture de ce livre, pour être investie totalement dans ce témoignage amoureux adressé à mon premier amour. Élever l'amour au rang d'art, c'est ma vision des choses, et le réaliser, seule par l'écriture, et maintenant avec Audrey par l'image, cela me fait du bien. Cela m'amène vers l'ouverture au monde, à m'exposer au regard du monde. Et je mesure mes progrès, par rapport à mon image de moi, par rapport à mon degré de liberté, entre mon premier livre *Les Vies silencieuses* en 2015 et celui-là, en 2018. Le parcours d'une combattante amoureuse. Qui, en cherchant à retrouver l'autre, l'aimé, de toutes les façons, finit par se trouver elle-même et se réaliser.

Posséder la vue. Une vision juste de soi, et essayer de sublimer ce regard sur soi. Moi la jeune fille qui rasait les murs, qui ne voulait surtout pas être vue, je suis parvenue à me voir et même à me montrer. C'est un homme d'abord, par son amour et son désir, qui m'a amenée à m'aimer un peu, ce sont des femmes photographes ensuite qui ont fixé une belle image de moi, qui m'ont permis de faire évoluer mon regard sur moi à travers des projets artistiques de grande valeur, par leur sens, par les moments de partage lors de leur réalisation et par le résultat esthétique, et c'est un autre homme, dont je reparlerai dans le dernier chapitre, qui a posé le plus beau des regards sur moi et par qui je suis maintenant photographiée. On allie l'amour et l'art, ce qui donne de très belles photos de moi car j'ai appris à être de plus en plus naturelle, à l'aise, je me sens bien, aimée, sous son regard, et surtout j'ai un sourire quand c'est lui qui me photographie que je n'ai jamais réussi à avoir avant. C'est lui, mon mari, qui a fait les plus belles photos de moi. Parce que je suis totalement moi-même avec lui. Naturelle et heureuse. Son regard me sublime.

Posséder le toucher. Ce n'est pas un sens mineur. Bien sûr, par nature, la femme sera plus ou moins tactile. Les besoins de contacts physiques ne sont pas les mêmes selon les êtres humains, inconsciemment marqués parfois par une éducation. Mais pour se sentir exister, en tant que femme, il faut toucher et être touchée. La peau d'une femme a besoin de s'offrir au contact de son enfant, de donner cet espace doux à ses doigts qui la serrent, comme pour affirmer le lien indénouable entre eux, elle a besoin de donner la caresse à sa chevelure, de le couronner de sa main, de montrer son amour par l'enlacement qui réchauffe et protège. La peau d'une femme a besoin de s'offrir au contact de l'homme qu'elle aime, de manifester par ses doigts son attachement et de recevoir l'hommage des siens. Comme une sensation d'appartenir, d'être le domaine de l'autre qui parcourt ses terres en propriétaire heureux. Une peau est belle, vit, quand elle se mêle à une autre, qui la caresse, l'embrasse, la façonne, la pétrit. Elle pousse et fleurit, comme un jardin bien cultivé. Il faut cultiver son jardin, n'est-ce pas ? Sa terre première, originelle, c'est son corps, la surface de sa peau. En prendre soin, ce n'est pas forcément lui appliquer des crèmes et des artifices. C'est pouvoir fièrement la donner en partage à celui que l'on aime, comme son bien le plus précieux et lui dire : « voilà ma terre, mon jardin, c'est ta terre, c'est ton jardin, entretiens-les, rends-les beaux, travaille-les de la plus belle des façons, de tes mains qui sèment le désir, le plaisir et l'amour. Aimée, ma peau sera soignée. Touchée, ma peau sera lumineuse car elle se sent bijou dans l'écrin de tes mains. Elle s'embellit à ton contact, elle se donne et donne des fruits et des fleurs. Ils sont à toi, nous les partagerons. »

Chapitre 3 : Reflets de femme

Beaucoup de femmes se leurrent sur la définition à donner à la féminité et alors qu'elles croient avoir atteint la maturité, la pleine maîtrise de leur statut de femme, elles sont dans la même erreur que des femmes en boutons, des jeunes filles qui sont, elles, au début de leur apprentissage et dont l'erreur du « trop », du « faux » est un premier pas nécessaire, sûrement. Car elles tâtonnent dans l'obscurité liée à leur jeune âge, alors que les autres se croient arrivées, lumineuses, au bout du chemin. Celles dont je parle, jeunes et moins jeunes, sont prises au piège d'un mirage de femme, et deviennent elles-mêmes mirage de femme pour les hommes.

Elles se saisissent de ce qu'elles croient être « un nécessaire de féminité » et qui n'est en fait que de l'accessoire, du superflu et même du « nuisible » quand s'en contenter empêche de découvrir ce qu'est la véritable féminité et amène à s'enfermer dans l'artifice, dans l'artificiel. Pour certaines, ce n'est qu'un jeu, celles-là ne se trompent pas vraiment, pour d'autres, c'est du sérieux, celles-ci s'égarent de manière souvent pathétique.

Les jeunes filles qui entrent dans la conquête, qu'elles croient rapide, de la féminité, s'arment d'accessoires qu'elles voient indispensables à leur séduction et à leur avènement en tant que reines de féminité. La couronne est fausse. Elle est faite de brillants, de bling-bling bon marché, de toc, de « trucs » à deux sous. Elles s'habillent d'apparat sans valeur financière réelle et sans valeur profonde, elles se déguisent en pensant revêtir une identité. Les jupes courtes et serrées dévoilent trop et mal un corps qui, même beau, n'est pas destiné à afficher une nudité sans mystère ; la séduction, selon moi, réside dans la suggestion, l'incitation faussement ingénue à deviner ce qui n'est pas tout à fait montré. On voit trop de jeunes collégiennes qui, éloignées de toute timidité, et trop heureuses de voir éclore un corps de femme, le montrent à tous dans des tenues proches de l'indécence. Elles n'ont pas l'esprit aussi mûr que leurs formes pour comprendre que leur fierté les amène aux portes de la vulgarité. Le stade du « je montre tout » doit être une étape, pas une fin. Outre les vêtements, jupes ou shorts, ne cachant quasiment rien, décolletés vertigineux, couleurs flashy, elles ajoutent à leur parure de princesse travestie un maquillage forcené, aux rouge et noir excessifs et épais, des vernis aux couleurs improbables et criardes et aux ornements inutiles, presque laids, paillettes, étoiles, fleurs, symboles qui, à mon avis, ramènent au monde de l'enfance plutôt qu'ils ne le font quitter. On colorie son corps comme on coloriait ses livres de jeunesse, on continue à penser que c'est mettre beaucoup de couleurs différentes sur son visage, sur ses doigts, qui créera du beau. Mais n'est pas un arc-en-ciel qui veut : il est difficile de rivaliser avec les harmonies que la nature sait créer. Ces jeunes filles se croient des arcs-en-ciel, elles sont de tristes pages raturées, griffonnées, aux collages et tatouages trop vite et mal associés, une ébauche enthousiaste et ratée de débutante qui a voulu user toute sa palette de couleurs, sans discernement, sans goût, sans expérience. Les jeunes filles sont des dessins d'enfant. Pleins de couleurs, pleins de « trop ». Des brouillons de femme. Leurs essais pour composer une œuvre d'art avec leur corps sont touchants tout de même. Le génie du trait, de la couleur, viendra peut-être un jour, chez certaines. Elles veulent très vite des teintures de cheveux, parfois les couleurs les plus farfelues, qui ne les embellissent pas, tout comme elles tentent des coupes originales qui les enlaidissent souvent. Rester telles que la nature nous a faites n'est pas conquérir sa féminité pour elles : il faut changer, se changer, exercer sa liberté en décidant que la nature s'est trompée en nous donnant cette couleur-ci ou cette autre. Changer la nature pour changer de nature, c'est la première tentative d'être femme, avant de comprendre que l'on trouve sa nature de femme en restant fidèle à la nature telles qu'elle nous a faites. Les jeunes filles sont dans le trop plein, les ajouts, sans toujours le souci du mariage heureux avec ce qu'elles ont déjà, en elles, sur elles, comme si la féminité était dans des apports de l'extérieur : trop de bracelets, trop de bagues, trop de colliers, trop de boucles d'oreilles, tatouages, piercings, couleurs, elles s'alourdissent d'accessoires quand la féminité réside dans la légèreté, le peu, bien choisi, qui se remarquera davantage que l'amoncellement qui les dissimule. Elles ajoutent parfois des extensions de cheveux, des ongles, des cils, mais du faux ne fera jamais du vrai. La féminité n'est pas là. Tout comme un discours de femme véritable ne pourra se résumer à connaître toutes les sortes de mascaras, de rouges à lèvres, de crèmes, de masques capillaires, tous les tarifs d'épilation et de manucure. Ces gamines peuvent être touchantes dans leurs tâtonnements qui font partie de l'apprentissage, elles se dépareront petit à petit de ces armures de maquillage, de bijoux, de couleurs, de ces excès, pour éclore, légères et naturelles, dans une charmante simplicité. Une affirmation outrée de féminité en est la négation. Elles manquent de confiance en leur capacité à charmer par leur être seul, alors elles se déguisent, se parent exagérément.

Ce qui peut me faire rire, me faire de la peine ou m'interroger parfois, ce sont les « femmes » beaucoup plus âgées, voire d'un âge avancé, qui se pensent femmes totales, en pleine possession de leur séduction, en ayant fait un retour inconscient au stade de la jeune fille qui se cherche. Oubliant leurs rides prononcées, l'étiolement d'une peau trop bronzée, elles arborent des décolletés, des jupes serrées, des ongles multicolores, du maquillage disgracieux, du gloss, des talons trop hauts qui leur donnent une démarche chaotique. Elles sont dans le même excès que des jeunes filles qui ânonnent l'alphabet de la féminité, avec des accessoires plus chers : l'effet n'est guère plus concluant. L'excès de parfum, même coûteux, ajoute aux excès visuels et rend vite ces femmes irrespirables. Clowns tristes, ou fantômes d'elles-mêmes, plus que femmes fatales. Victimes elles aussi des publicités et de la foi qu'elles véhiculent : plus on achète plus on est femme !

Les femmes dans l'outrance de vêtements dits sexy, de maquillage, de fards, de faux, qui se croient plus femmes que les autres, sont en fait des reflets de femme. Non seulement ce sont des femmes miroirs, qui vouent un culte à l'apparence physique qu'elles croient belle, qui vouent un culte à leur reflet qu'elles ne quittent jamais des yeux, mais ce sont des mirages, pour elles-mêmes et certains autres.

Ces excès apparemment narcissiques sont soit le signe d'un être vide intérieurement soit celui d'un manque d'estime de sa capacité à plaire par son être profond, par sa vraie nature de femme.

Chapitre 4 : Vraie nature de femme…. est dans le verbe et dans le geste

Bien entendu les accessoires, le vêtement, le maquillage peuvent donner une plus-value de féminité. Il suffit qu'ils soient bien choisis, peu nombreux, le signe d'un sens artistique que je lie intimement à la femme. Je ne dis pas que la femme doit rester nue, dans une totale fidélité à la nature telle qu'elle la façonne, de l'enfance à l'âge adulte. Je ne dis pas qu'elle doit refuser tout ajout ou « correction » de son physique, surtout si cela participe à son bien-être profond car savoir se faire plaisir, c'est essentiel. Je ne dis pas que la vraie nature d'une femme est totalement ailleurs, hors de ce qui peut paraître superficiel. Je dis que chaque chose doit rester à sa juste place, qu'il faut savoir qu'acheter un vêtement sexy ne suffira pas à pouvoir dire « je suis une vraie femme », que la femme doit rester naturelle le plus possible, ne pas chercher à être quelqu'un qu'elle n'est pas : rien n'est pire que ce qui ne sonne pas juste. Quelqu'un qui joue, qui fait semblant, qui étudie ses poses, ses gestes, ses mots, ses rires, ne sera jamais une femme. Il faut laisser émerger sa vraie nature de femme, et la consolider avec de petites choses, sans excès.

Être naturelle, cela veut dire quoi ?

Cela ne veut évidemment pas dire de laisser son corps devenir une forêt de poils et d'odeurs sauvages. L'hygiène élémentaire passe par une forme de coquetterie, qui est plus de l'ordre finalement de la dignité et du respect de soi. Certaines, trop négligées, constituent pour moi une sorte de tiers-monde féminin, et même davantage : elles ne peuvent pas être appelées femmes, et presque plus êtres humains. On devient une bête quand on ne peut plus se respecter, et se montrer aux autres les cheveux sales, gras, le poil hirsute sous le bras, imprégné de sueur, révèle un être qui n'a plus d'égards pour lui-même. Il n'est pas question d'argent ici : un shampooing, un savon, un déodorant, un rasoir, ne coûtent pas cher. Ces êtres-là ne sont tout simplement pas dans l'envie d'être femmes, de se voir et d'être vues ainsi, à cause d'un mal-être sûrement. Elles veulent être des repoussoirs, éloigner l'homme probablement. Être naturelle, c'est avoir les égards élémentaires pour soi et les autres : ne pas manger exagérément pour garder une silhouette que l'on peut supporter devant le miroir, être propre et soignée, éloigner la sueur et le poil, se maquiller discrètement, pour atténuer quelques rides, cernes ou rougeurs. Combien d'hommes ont été surpris de découvrir le visage réel de la femme séduite avec son maquillage ? Cela m'a toujours surprise qu'il puisse exister un tel décalage. Pour le vêtement, j'avoue que même s'il n'est pas capital, il aide à se sentir femme, à se sentir plus belle. Il s'agit simplement de ne pas acheter trop, et de ne pas choisir ce qui ne nous va pas. Il faut trouver son style. La démarche d'aller dans un magasin amène du plaisir, et chacune en a besoin. Un sentiment de bien-être se voit sur le visage. La volonté de se plaire avant de plaire aux autres est importante aussi. Ainsi il faut s'offrir une robe, un pull, un petit haut de temps en temps. Essayer de trouver le petit truc original, sexy dans la petite touche discrète, qui révèle une épaule, un coin de peau sur la gorge, dans le dos. C'est le peu qui excitera le désir de l'homme imaginatif : il doit deviner, chercher. La femme ne doit pas l'envahir de peau, de parfum : tout cela devient asphyxiant, et rebutant. Une goutte de parfum dans le cou, un vernis rouge aux ongles, peuvent seuls focaliser son attention.

Un petit raffinement dont la femme a besoin en termes d'accessoires pour se sentir femme vivante, séduisante, est la lingerie. On se sent forcément un peu enfant quand on n'a pas quitté, pour diverses raisons, les culottes « petit bateau ». On ne se sent pas belle quand on a une parure de lingerie qui n'est pas assortie, des soutiens-gorges comme des armures et des slips taille haute. Je prône le naturel, mais il y a des limites ! Le mauvais goût est assez répandu aussi dans ces rayons de boutiques bon marché où j'ai le bonheur de ne plus pénétrer depuis longtemps, avec des verts redoutables ou des bouquets de fleurs trop garnis ! Bien sûr, la lingerie a un coût, mais on peut toujours trouver des articles à prix moyen, et en acheter peu. La sobriété doit rester de mise pour moi, avec toujours la petite touche en plus, la fleur de dentelle, dans son ensemble blanc, ou noir.

La femme doit n'être que grâce, et éviter toute forme de vulgarité dans les attitudes. Je ne parle pas de la grossièreté, qui peut parfois avoir un certain charme quand elle est exprimée avec classe, esprit, à-propos, et sur le bon ton. La vulgarité est autre chose : elle est dans l'insulte, le verbe haut, la voix qui brise le tympan, la bouche écumante, elle est dans l'hystérie, la colère volcanique, l'esclandre, le manque de retenue, elle est dans un rire gras, dans une « clope au bec » tenue seulement par une bouche, elle est dans le pied qui traîne en marchant, la main qui décolle une culotte, elle est dans des centaines d'exemples que je ne saurais citer ici. Ce naturel du tiers-monde féminin…

La beauté naturelle de la femme, indépendamment des accessoires, indépendamment des formes plus ou moins harmonieuses, des petits défauts physiques qu'elle va voir plus que l'homme finalement, elle réside dans ses atouts bruts ; ce qui va faire la femme, ce sont : sa main, son regard, sa voix, son sourire, et toute la douceur qui s'en dégage.

Sa main, aux lignes fines ou plus noueuses, vernie ou non, sera toujours une main de femme quand elle s'ouvre et se pose avec douceur, dans une caresse, sur la joue d'un amant ou d'un enfant, quand elle s'ouvre et se pose avec tendresse sur ses cheveux, quand elle se referme dans une paume, dans un dos, pour entourer d'amour, englober dans sa chaleur, accompagner silencieusement. Être femme, dans le silence de ces petits gestes d'affection. Être femme et séduire, par une main qui entortille une boucle de cheveux, qui remet une mèche en place, qui se porte à la bouche, dans une pose méditative, qui descend une bretelle, qui dénude une épaule : et cette tache de blancheur devient l'aurore d'un monde suggéré de sensualité.

Son regard… Horizon profond, ouverture sur son âme.

Le regard d'une femme est son langage.

Parfois il est silence, reflet du vide. Oui, des « femmes » ont beau farder abondamment leurs paupières, crayonner le tour de leurs yeux et relever leurs cils d'un mascara épais pour ouvrir leur regard, celui-ci restera désespérément étroit, sans empreintes réelles de vie intellectuelle ou émotionnelle : elles vous regardent, et rien ne se passe, comme si vous faisiez la rencontre de leurs pieds ; il n'y a aucun univers à deviner derrière leur pupille vide, aucunes profondeurs à chercher à explorer, aucune mer où plonger, aucun ciel où voyager, aucune noirceur même à pénétrer. Leur regard est une barrière, une limite. Il signale la limite de leur intelligence et de leur sensibilité, qui sont des qualités féminines essentielles selon moi.

Parfois le regard est imitation, étude, théâtre. Oui, d'autres femmes « fardent » leurs sentiments : l'apparence, le reflet de femme, n'est pas dans l'excès de maquillage (ou pas principalement car parfois il y a les deux choses à déplorer !) mais dans la feinte, la simulation de sensibilité, la théâtralité. Le regard fait semblant d'être ému, d'être choqué, envoie des œillades prononcées aux hommes, se roule dans le « trop », accompagné de battements de cils étudiés : cela devient ridicule tant le faux-semblant se voit, tant on est dans le « jeu de rôle féminin ». Un regard timide sera plus charmant que ces simagrées de féminité.

Un vrai regard de femme ne joue pas, communique quelque chose de vrai, de sincère : il laisse s'échapper, avec mesure, et assurance, une âme et sa richesse : amour, tristesse, colère, émerveillement, admiration. Franc et direct, il accompagne en silence la parole. Un beau regard dit la réflexion, l'intelligence, la sensibilité d'une vraie femme. On ne se lasse pas d'en voir les nuances, les changements, c'est une lecture tour à tour enivrante, rassurante, drôle. Comme les inflexions chères d'une voix qui se tait pourtant.

Sa voix... Les voix séduisantes ne sont pas forcément celles qui cherchent à séduire. Le charme naturel a toujours un pouvoir plus mystérieux et plus réel qu'une intention affirmée de plaire, qui va passer par des rires trop appuyés, un verbe trop haut, une parole trop crue. L'assurance nécessaire à la femme ne signifie pas attitudes outrées et totalement décomplexées, proches de la vulgarité, qui obtiendront peut-être l'effet contraire à ce qui est recherché. Une femme peut affirmer sa volonté de plaire, de séduire, avec mesure, une forme de discrétion et d'élégance, dans la pose et dans le ton. Une femme, selon moi, ne doit pas chercher à attirer l'attention à elle en faisant beaucoup de bruit, en parlant fort et beaucoup, sans filtre de ce qui est intéressant ou trop banal et superficiel. Elle sera écoutée et plaira par sa voix douce, et son écoute des autres. Une femme doit être une image de tempérance. La voix de la femme doit couler comme une rivière, pas tempêter comme un torrent. J'ai toujours eu du mal à reconnaître comme quelqu'un de l'espèce féminine un être hurlant sur son homme, ses enfants, dans des tonalités qui agressent l'oreille, avec des mots orduriers qui ne doivent être le langage de personne, surtout pas d'une femme. On rencontre de ces furies parfois, qui font profiter petitement de leurs accès de colère, dans la rue, dans des supermarchés. Ce manque de classe les exclut d'emblée pour moi de la caste des Femmes. La voix d'une femme est une caresse, une plume sur l'oreille, une gourmandise auditive, une mélodie souterraine de l'âme en sous-sol, agréable et simple. Elle émeut, elle touche naturellement, elle bouleverse, elle intéresse, elle charme, sans le vouloir vraiment, elle ne contrôle rien : elle vit, tout simplement. Avec douceur et conviction.

Gestes, regard, voix, tout ce que la nature nous a donnés, tout ce qui crée notre belle identité de femme dans la mesure où on les fait vivre, exister, sans chercher à les transformer, travestir, tout simplement, et dont on doit préserver avant tout la douceur. C'est un mot qui me semble essentiel à associer à la femme. Un être violent dans les gestes, la voix, les mots, un être qui est vulgaire, qui n'a pas de classe, d'élégance, n'est pas un être féminin pour moi.

Enfin, le sourire… Le plus bel habit de la femme, dit-on souvent.

Ses plus belles courbes, ses deux lignes de vie.

J'ai écrit au début de ce livre que longtemps je ne me suis pas vue comme une femme, parce que finalement beaucoup de choses n'avaient pas pu éclore en moi. Je me pose la question ici qui va permettre de définir l'un des traits principaux de la femme véritable : qu'est-ce qu'il y a de profondément nouveau sous le soleil, d'évident pour tous, de flagrant, depuis que je me sens femme ? Le sourire. Ce sourire, croissant de lumière que j'ai arraché à la nuit de mon existence. Mon sourire peut être banal pour tous. Pour moi, et pour mon mari, il est plus beau parce qu'il a une histoire, parce qu'il vient de très loin. J'ai découpé cette silhouette de lumière sur une toile d'ombre. Ma vie est un tableau sombre, plein d'ombres, de fantômes, de démons, que j'ai dû déchirer lentement. Sa toile était épaisse, tachée d'un noir gluant, qui me couvrait tout entière, des mains au visage, à la bouche. J'ai appris à sourire en rencontrant un homme, qui m'a donné envie de vivre, d'aller chercher la lumière au fond de moi et d'en couvrir mes lèvres, par petites touches. Aujourd'hui, il inonde mon visage, naturellement, sans que cela me semble laid ou anormal, parce qu'un autre homme, qui lui ne m'a jamais fait de mal, m'a apporté le goût de vivre. Ce goût se lit, s'entend, se touche, sur mes lèvres.

Une femme sans sourire est une flamme éteinte. C'est une femme qui n'est pas née ou une femme que l'on a tuée, que l'on a empêchée de sourire.

Il existe des femmes, sans être profondément malheureuses, qui ne rient jamais, qui ne sourient pas, qui sont fermées, sinistres. Elles ne veulent rien donner aux autres.

Le sourire est une lumière dont la femme réchauffe le monde.

Certaines, par leur rencontre fugace, glacent un instant, jettent le froid de leur visage sur l'environnement qui se fige ; certaines, par leur fréquentation régulière, jettent une glace sur votre vie entière, véritables méduses, bloquant vos pieds, muselant votre langue, marbrant votre visage, votre bouche, éteignant même le sourire de votre regard. Ces êtres sans sourire, visages plats, cœurs plats, sont des femmes d'ombre, des ombres de femme et des femmes qui font de l'ombre. Ma mère fut un arbre qui m'a fait de l'ombre, un tronc creux, vide, au feuillage qui écrase ; en fait elle fut une forêt, qui m'a entourée dangereusement, une forêt nocturne, où j'ai eu longtemps peur, eu longtemps froid, où je pouvais chercher, attendre, en vain, une clairière, attendre quelque chose qui remonte du pied, de la sève, ou qui descende du ciel, des fruits… J'en dirai peu sur cette question, mais je ne peux pas ne pas l'évoquer, même si brièvement.

Quand on pose la problématique de la féminité, on ne peut évacuer la mère, celle que l'on a eue, et celle que l'on sera peut-être. Sa mère est le modèle ou le contre modèle de la femme pour la jeune fille, le modèle ou le contre modèle de la mère. Mes difficultés à devenir femme ont des causes multiples, ma mère n'y est pas étrangère, en partie seulement, je ne pouvais prendre appui sur mon parcours dans ce livre sans le mentionner. Certains genres littéraires, le témoignage, l'autofiction, posent des cas de conscience, il en est souvent débattu.

Parler de soi, pour se libérer, pour témoigner, aider aussi, engage à parler de celles et ceux qui ont jalonné un parcours intime. Comment en parler ? Quoi dire, et ne pas dire ? Au nom de quoi ou de qui je m'exprime, je publie ? Est-ce que je pense que ma parole ou mon écrit dépasse les susceptibilités des uns ou des autres ? Est-ce un manque de respect que de mettre en cause des gens de ma famille, une atteinte à leur liberté ? Et dans le même temps, mon propos n'est pas juste et honnête intellectuellement si je ne dis rien de la figure maternelle, au cœur de la construction d'une femme. La mère est la femme qui jalonne notre parcours, qui est là à tous les stades, qui est censée être le repère, celle sur qui on prend exemple, que l'on va observer, copier, en tant que femme, dans les attitudes, les mots, les vêtements. Comment faire pour s'en démarquer, acquérir sa propre identité féminine, retrouver sa nature de femme propre, quand sa mère est un modèle féminin, un idéal, quand on l'admire ? Comment faire, au contraire, pour trouver ce qu'est la féminité quand on n'a aucun modèle autour de soi, quand sa mère n'est pas l'image de la féminité et vous amène à la fuir même par l'image qu'elle véhicule ? Les questions sont posées, j'ai trouvé mon chemin seule, c'est plus long sûrement, j'ai vu en tout cas grâce à elle ce que je ne voulais pas être, ce qu'il ne fallait pas faire. Par égards pour elle, je ne la dépeindrai pas davantage : ai-je le droit de lui voler son anonymat même si elle m'a volé, en quelque sorte, mon identité ? J'ai rencontré deux hommes qui m'ont donné envie de lutter contre mes démons, et de devenir une femme, ce fut ma chance.

Il y a donc ces êtres sans sourire généreux, depuis toujours, et puis il y a les femmes qui ont eu le sourire un jour, qui l'ont perdu durablement, peut-être pas pour toujours, et que je ne veux pas oublier. Est-ce qu'avoir souri, ça ne s'oublie pas, comme le vélo ? Est-ce que le goût du bonheur, quand on l'a connu, même lointain, reste en bouche ? Ces femmes ne sont pas des harpies, des aigries, des acariâtres, des mégères comme les premières dont j'ai parlé. Elles ont oublié la féminité parce que les épreuves ont été très rudes, trop nombreuses, trop longues. La vie, les hommes ont écrasé leur sourire, à coups du sort, à coups de pied parfois. Elles ont renoncé à sourire parce que leur âme a pris des coups de poing aussi, parce qu'on a défoncé leur lumière intérieure et qu'elles ne savent plus s'orienter dans une vie si sombre. Elles ont perdu un enfant, elles ne reconnaissent plus un compagnon qu'elles ont aimé, qui les frappe. Elles n'ont même plus la force d'entrouvrir les lèvres pour parler, pour dire le mal dont elles souffrent. Elles ont honte, ne se sentent plus mères ou femmes. Elles sont entre parenthèses. Il faut aider ces parenthèses à devenir apostrophes, à parler, s'élever, pour retrouver la dignité d'être humain et le plaisir ensuite à être femme. C'est long, difficile : une toute petite étoile tente toujours de dispenser sa faible lueur dans un chaos intérieur terrible, on a envie de la laisser s'éteindre, on a envie de la détester d'être là, tenace, comme une diabolique veilleuse. Un jour, cette étoile peut se multiplier en constellation, qui brûlera en un tel feu intérieur qu'il faudra qu'elle vienne au jour, en un rictus vengeur d'abord, une contraction de la bouche, une articulation de désespoir, un sursaut de vie, un premier cri de révolte, de douleur, de réclamation, puis un jaillissement qui crèvera le ciel et qui, s'il trouve un écho, une oreille, pourra muer en sourire plus serein, et avec l'aide d'une rencontre, une embellie de la vie, pourra muer en illumination, en visage étoilé.

Il y a les femmes que l'on empêche d'être femmes, dont le désir de vie est assimilé à une émanation du diable, des femmes que l'on encage comme si elles représentaient un danger, des femmes qui peut-être sourient sans autorisation mais on ne le sait pas : elles n'ont pas droit de recevoir ou de donner de la lumière. Elles sont voilées. Des hommes veulent en faire des ombres. Elles voient la vie comme une feuille à petits carreaux sur laquelle, écolières de la vie, elles pourraient commencer à écrire une histoire, la leur. Les hommes, quels qu'ils soient, pour quelque raison que ce soit, qui empêchent leur fille, leur sœur, leur femme, d'exister, pleinement, d'être au monde tout simplement, ne méritent pas le nom d'hommes. Un sourire radieux, un regard tendre, ne seront jamais un outrage digne de punition, ni même un appel à la luxure. C'est l'expression d'une nature de femme que l'on n'a pas le droit d'étouffer. Un être humain qui ne peut être lui-même non seulement ne se construit pas mais se détruit, meurt à petit feu. Agir consciemment ainsi, pour les hommes, dans un contexte religieux ou non, est un crime.

Des caractéristiques essentielles selon moi de la vraie femme sont la douceur et la lumière, dans le geste, le regard, la voix et le sourire. Le langage naturel de son corps, l'élégance et la grâce naturelles de ses mots, de ses attitudes, l'aura de son sourire, voilà qui compte plus qu'un « nécessaire » de beauté. Une femme qui a de la classe et le souci de dispenser la lumière autour d'elle sera toujours plus belle, plus femme, que celle qui est outrageusement fardée, pomponnée, mais qui reste une enveloppe parfaitement vide. Une enveloppe sans courrier à envoyer…

Chapitre 5 : Femme et maternité

J'ai entendu beaucoup de femmes témoigner de leur épanouissement total par la maternité, dans leur corps, dans leur sentiment de vraiment exister et de naître elles-mêmes au moment où elles donnaient naissance : « Je suis pleinement femme depuis que je suis mère ». Cela m'interroge évidemment : se sentent-elles vraiment vivantes ou vraiment femmes par la maternité ? Je ne suis pas mère, je n'ai jamais eu envie de le devenir. Je ne prétends pas me sentir pleinement femme, mais je ne suis pas certaine que ce serait à cause de cette partie qui manquerait à ma vie. Est-ce qu'une femme est destinée à la procréation ? Doit-on avoir senti un être dans son ventre pour se dire femme ? La question est légitime. Qu'apporterait la maternité de plus à la féminité ? Et surtout, n'y a-t-il pas des définitions multiples de la maternité et des expressions universelles de la vraie maternité qui se manifesteraient chez toute femme, même celle qui n'a pas enfanté ?

Je comprends tous les bénéfices que l'on peut

retirer de la maternité en termes de bonheur, d'amour à donner et recevoir : cela donne une véritable plus-value à la vie, cela ne fait aucun doute. Mais en tant que femme ? Les expériences sont diverses, voire contradictoires. Pour certaines, la maternité nourrit la féminité car elle apporte la sérénité par le sentiment d'avoir accompli quelque chose d'important, de grand, elle apporte la confiance en soi et une femme qui a de l'estime de soi et de l'assurance dégage une plus grande séduction : elle ne tremble pas sous le regard et les jugements des autres, hommes ou femmes. Elle sait qui elle est, pour quoi, pour qui elle existe et a le sentiment d'avoir réussi quelque chose, et même sa vie. Accomplir, agir, faire, cela permet de s'accomplir, d'explorer pleinement toutes les facettes de son être, la part maternelle et la part féminine interagissent l'une sur l'autre car nous ne formons qu'un être que l'on ne peut compartimenter. Un homme peut se sentir séduit par sa femme quand il la voit en train de donner le sein à son enfant, en train de le border tendrement le soir, ou plus tard de lui lire une histoire, assise au coin du lit, de le consoler d'un bobo : toutes ces scènes intimes, beaux tableaux d'une belle âme peinte. Le don autrement, dénué de sensualité, de sa main, de son sein, de sa voix, la redécouverte de cette femme, bouleversent souvent l'homme et le charment. Il s'attache d'autant plus à la femme qu'il voit mère, mère de son enfant. Il la voit au-dessus des autres, dotée d'un pouvoir sacré qu'aucune autre ne pourra lui ôter. Elle est supérieure aux femmes qui ne pourront lui donner autant. Certains hommes, en partageant cette même idée, ne verront plus leur femme comme un être sensuel, sexué, et ne lui trouveront pas ce côté sexy des postures maternelles : elle devient un être intouchable ; la toucher appartient à l'enfant. Les perceptions sont différentes, on le voit. Des hommes ont peur, quand la femme leur demande un enfant, que cela change ce qu'elle est en tant que femme avec eux, qu'elle n'ait plus envie de toucher que l'enfant, dont elle est si proche ; et pourtant ils acceptent car il est majoritairement acquis qu'une femme a besoin d'un enfant, qu'elle est inaccomplie sans lui.

Pour d'autres femmes, la maternité, même si elle apparaît comme indispensable, « normale », apporte angoisses, inquiétudes terribles, elle les insécurise ; elles ont peur de tout, de rien, tout le temps, elles doutent en permanence de leur capacité à faire bien pour leur enfant et perdent confiance en elles, conscientes de la mission gigantesque qui leur incombe en partie : faire le bonheur de quelqu'un, veiller sur sa santé, s'occuper de son bien-être quotidien, préparer son avenir, à court et à long terme, le préparer à la vie en société, le prévenir contre ses dangers, lui donner ni trop ni trop peu d'attentions, de soins, d'amour, l'entourer tout en l'aidant à se libérer du cocon familial, l'attacher à sa mère et l'en détacher. Tout cela en lui donnant, pour sa sécurité affective, l'impression d'être totalement détendue, rassurée, dans la maîtrise et le contrôle de tout ce qui peut se présenter de prévisible et d'imprévisible dans la vie. La mère sereine existe-t-elle ? La mère solide, forte, cache ses inquiétudes parce qu'elles sont mesurées, elle parvient à les contrôler. La mère fragile les montre et les communique à l'enfant, elle agit mal et s'en veut souvent : elle crie, elle interdit, elle cadre autant qu'elle peut, elle brasse de l'air, s'agite, s'épuise, elle s'emprisonne et elle emprisonne, elle n'a plus le temps d'aimer vraiment, utilement je dirais. Elle perd sa liberté, l'ôte à l'enfant, et une femme qui n'est pas libre n'est plus femme. Perdue dans ses angoisses, chimériques parfois, elle organise un quotidien qui évite le danger, qui évite la vie au final. Les habitudes, soi-disant rassurantes, deviennent un labyrinthe où s'est perdu le fil de la véritable existence et du véritable amour maternel, fondés tous deux sur la liberté. La liberté, c'est la prise de risques, c'est la main lâchée parfois sur une plage et les grains de sable qu'on laisse entrer dans les chaussures. Maman raisonnablement viendra les retirer et ne pleurera pas sur un pied irrité, sali ou égratigné. La vie, c'est ça, avoir du sable ou des cailloux dans les chaussures, et une main parfois pour nous aider à les retirer et nous embrasser les pieds. La vraie maman sera toujours la première sur le chemin. Celle qui est noyée dans ses angoisses, dans le cadre qu'elle érige autour de la famille pour tenter de se rassurer, obnubilée par l'enfant, ce qu'il fait, ne fait pas, pourrait faire, oublie la liberté et sa propre existence et elle s'éloigne de la féminité. Procréer éloigne beaucoup de femmes de la féminité. Elles deviennent un être de souffrance, prisonnier d'une vie cadrée sur les rituels, elles laissent souvent le mari, l'homme, pour l'enfant, qui les vampirise : il prend tout leur temps, tout leur amour. Loin de moi l'idée de condamner : un amour maternel total est merveilleux, s'il se vit sereinement et apporte le bien-être à chaque membre de la famille, à commencer par la mère. J'en admire d'ailleurs souvent les représentations dans l'art. Si, dans la réalité, il se vit difficilement et fait de la femme un être qui crie tout le temps, ou est défiguré par l'inquiétude, l'image de la femme se trouve dégradée alors qu'être mère, dans l'absolu, est une belle réalisation de soi, en tant que femme. À chacune d'être à la hauteur, et de soigner parfois ses démons avant de penser à prendre en charge la vie d'un être.

Ainsi, puisque mon interrogation porte sur ce qu'est une femme véritable, je pense qu'être mère dans son ventre, dans son corps n'est pas forcément être La Femme complète, telle que je la vois. Tout n'est pas affaire de biologie. Mais je pense qu'en effet, une femme a une part maternelle parce qu'elle est sensible et qu'elle a besoin d'exprimer certaines émotions, certains sentiments. La femme qui a du mal à les ressentir a des carences de sensibilité, c'est certain. Une femme qui adopte un enfant ne l'a pas porté, pourtant c'est une vraie mère, il n'y a aucun doute pour moi qu'elle réalise pleinement sa part maternelle. Parce que l'on est mère avant tout dans le cœur. Un cœur de femme demande un être à aimer toute sa vie, sans condition, de manière désintéressée, un être qui a besoin de sa protection, en toute confiance. Elle a besoin de serrer sans désir sexuel et de toutes ses forces un être qui aura toujours besoin d'elle, de dire « je t'aime » sans peur. Il y a des mots et des gestes d'amante, il y a des mots et des gestes de mère ; l'intention n'est pas la même, la nature du sentiment est différente, la femme a besoin des deux je crois.

J'ai écrit plus haut que je n'avais jamais été mère dans mon ventre, que je me sentais femme néanmoins. J'ajoute que cette part de mère que possède chaque femme, je la connais, elle est en moi aussi, et je peux la vivre et l'exprimer, à ma façon, de la façon la plus importante, que je viens de décrire. En aimant un être plus que moi-même, en ayant le besoin de sa présence, de faire son bonheur, de le serrer fort, de le protéger, le soigner. Cela fait des années que je me sens mère, que cela m'est indispensable, salutaire même. Je ressens cet amour puissant, qui me maintient en vie, m'aide à respirer, avec mes chiens, depuis des années. Je sais que certains ne le comprendront pas, mais mon amour pour les chiens que j'ai eus s'apparente à cela. J'écris ces lignes à un moment particulier, et très douloureux pour moi : ma chienne, avec qui j'ai traversé dix ans d'épreuves de ma vie, qui m'a donné des émotions intenses, qui m'a épaulée, que j'aime plus que tout, va mourir bientôt. Je dois vivre avec cette vérité quelques jours. Elle est malade, et on ne peut la soigner. Je connais l'impuissance d'une mère à sauver son enfant, la douleur en imaginant le vide après elle, et cette part de moi qui va s'arracher. Je sens la joie de vivre, que j'avais trouvée depuis quelques mois grâce à un homme, mon mari, me quitter, je sens l'envie de tout me quitter. Mes mains se sentent déjà orphelines, mon regard se vide en imaginant ne plus jamais rencontrer son œil plus fort qu'une parole, tout mon être se rétracte, essayant de supporter les coups que sont pour moi son impossibilité de s'alimenter, son affaiblissement, son changement d'odeur, son éloignement aussi, car un chien qui ne se sent pas bien essaie de s'isoler. Je soigne, j'entoure, j'aime, comme je peux, comme elle le souhaite, et ça fait mal. Sans pouvoir être mère, tous les jours, partager nos instants de complicité, de confiance mutuelle, je vais être moins vivante, et ma part de femme s'étiolera un peu aussi, forcément. Par manque de goût de vivre.

Une femme a besoin d'un être pour qui elle est le monde entier, un absolu, la terre et le ciel, elle a besoin d'un être qui verra dans son regard, doux ou réprobateur selon son humeur, une ouverture du ciel ou un tremblement de terre. Elle sait que, par l'enfantement, elle ouvre une voie vers l'éternité, perpétue un nom, trace une lignée, crée potentiellement une génération d'hommes et de femmes, laisse une empreinte indélébile sur une carte d'identité, un livret de famille, des lignes de main, et sur une terre. Cet enfant qui naît crée à la fois une rondeur de monde étroit, où ils logent intimement tous les deux, et une étendue vers l'infini humain. Et tout part d'un ventre, son ventre, qui porte pour beaucoup de femmes une urgence de vivre, une nécessité d'être fertile et de l'emmener vers cet amour absolu qu'elle peut donner et potentiellement recevoir, tant le lien de départ est unique, « intraordinaire » et extraordinaire. J'ai la chance d'avoir rencontré un homme pour qui je suis cet absolu que recherche la femme par son enfant. Mon ventre est sa terre, ses racines, mon regard est son ciel, ses ailes. J'en parlerai dans un chapitre prochain.

Le ventre d'une femme, le ventre d'une fée…

« Être mère, être pleinement femme » : je reviens à cette phrase que j'ai lue. Serait-ce du corps qu'il s'agit ? Pendant la grossesse et après. Un corps de femme est fait pour l'enfantement bien sûr. Est-ce qu'un corps qui n'a pas enfanté n'aurait pas connu toutes les sensations qui doivent le faire exister comme corps féminin, qui doivent l'étiqueter « corps féminin » dirais-je presque ? Doit-il avoir ressenti toutes ces transformations, mutations, liées à la grossesse, à la présence d'un autre être en soi, qui vit en soi, grandit en soi, pour être pleinement lui-même ? Certaines femmes vont dire au contraire qu'elles ne se reconnaissaient plus, profondément, pendant la grossesse, pas seulement à cause de kilos en plus, mais à cause d'une personnalité qui changeait, d'une identité nouvelle qui les troublait, qu'elle rejetait parfois. Après la naissance de l'enfant, le corps reste changé bien souvent. J'ai connu des femmes qui retrouvaient les mêmes lignes, voire plus agréables à regarder qu'avant (même si j'imagine qu'elles se sentent différentes) mais beaucoup ont une morphologie différente, souvent des kilos superflus ou des cicatrices attestent l'expérience de l'enfantement. C'est alors qu'il y a deux perceptions de son corps de femme. Des femmes vont rejeter ce corps qu'elles voient déformé, éloigné de celui de leur prime jeunesse et vont contempler le miroir avec nostalgie et sûrement avec souffrance ; certaines même ont une certaine rancœur envers leur enfant qui, en venant au monde, leur a ôté leur corps de femme. Pour elles, un corps de femme est un corps harmonieux. D'autres acceptent leur corps modifié, imparfait, mais qu'elles voient beau d'avoir su mettre au monde une chair nouvelle, issue de la leur. Elles sont fières de ce corps qui a donné la vie, qui a procréé. C'était sa destination première, il a accompli son œuvre. Elles sont fières de leur chef d'œuvre, leur enfant, et si les preuves de cet acte primitif, noble et créateur, ce sont quelques stigmates disgracieux, alors elles en seront fières aussi. Ce sont les marques extérieures, visibles à tous, qu'elles sont mères, créatrices de chair, de vie, d'amour, d'avenir, qu'elles sont pleines de foi en la vie, d'élan, pleines de valeurs positives, pleines de courage aussi : elles ont été prêtes à affronter les désagréments de la grossesse, les souffrances de l'accouchement, les aléas de l'après à gérer, avec cette vie à prendre en charge, pleines de maturité, de responsabilité : c'est tout cela que disent leur ventre proéminent tourné vers la vie et leurs kilos sur les hanches à côté desquelles chemine le bambin, tout le monde le voit : elles sont de vraies femmes ! Une femme qui ressort avec un corps un peu meurtri de l'accouchement accepte parfois ce dernier plus facilement qu'avant, parce qu'il porte les marques de son combat pour la vie. Elle sait pourquoi ces imperfections existent : pour quelque chose de plus important que cela, de plus grand. Ainsi, relativiser les défauts de son corps est permis parfois par la maternité ; s'accepter et aimer son corps, c'est avoir une certaine maturité de femme.

Alors oui, être pleinement femme peut passer par la maternité, si celle-ci amène à cette liberté par rapport au regard des autres, à l'acceptation d'un corps imparfait parce que l'on parvient à la maturité qui fait dire qu'il y a des choses plus importantes, plus essentielles qu'une imperfection physique dans sa vie, si la maternité apporte la sérénité parce que sa conviction profonde est qu'un corps de femme a pour destination première de créer un être humain, que sa chair est faite pour créer de la chair, une chair à faire grandir, à aimer.

Je pense donc qu'en effet, une femme a besoin de se sentir mère, de la façon qu'elle choisit, pour se sentir complète et complètement femme. Mais elle doit avoir une maternité heureuse, faire en sorte de mesurer ses inquiétudes, ses emportements. Tout se construit. La femme comme la mère. Il faut veiller à ce que la mère complète merveilleusement la femme, et pas qu'elle vienne la détruire. Être consciente de ses défauts, de ses manques, de ses démons, être lucide sur soi, sur ses qualités, ses limites, c'est essentiel pour choisir la bonne « forme » de maternité pour soi et ainsi connaître une féminité épanouie et assumée. Une femme doit chercher ce qui lui donne confiance en elle, car une femme qui a confiance séduit toujours plus et fait oublier aux autres ce qu'elle a oublié elle-même car c'est secondaire : un bourrelet ou quelques kilos en trop.

Chapitre 6 : Âme d'artiste

Une femme n'est pas qu'un corps, un corps qui se montre, qui séduit, ou qui procrée.

Qu'il y-a-t-il dans l'enveloppe de la femme ?

Une femme peut avoir des formes parfaitement proportionnées, harmonieuses, avantageuses, avec cette petite plus-value que peut apporter un maquillage discret ou un vêtement sexy, elle ne sera jamais vraiment femme si elle n'est que cela, si son regard, sa bouche, sont vides de sens, de contenu. Une vraie femme a une âme. Selon moi, une femme, même aux formes un peu opulentes, même avec un habillement pas toujours très « féminin » sera plus femme que le « mannequin vitrine » si elle est vivante, habitée par une véritable âme qu'on lira dans son regard et son sourire sincères. Et selon moi, la vraie femme est intimement liée au beau et au sens artistique, en tout. Dans sa manière de s'habiller, dans sa manière d'être au monde, poétique, dans sa manière de regarder les êtres et les choses : elle veille naturellement à voir le beau autour d'elle, à rendre le réel plus beau, à donner du beau, autant que possible, et à créer.

La femme a une âme d'artiste, une sensibilité, des émotions. Une femme est créatrice de beau. Cet instinct du beau s'apparente à une forme d'intelligence du monde et des autres. Si, pour beaucoup, la femme est liée à la procréation, j'affirme qu'elle est faite pour la création. Créer un enfant certes, c'est une possibilité, mais une femme peut créer autre chose, d'aussi grand, d'aussi beau voire plus parfois. La femme doit apporter un regard sensible sur le monde qui l'entoure, le manifester par toute forme de création à visée artistique. Elle a cette capacité de donner de l'émotion, d'en recevoir aussi. En avoir conscience lui donne une intelligence sensible des êtres et des choses qui est une part essentielle de ce qui la constitue. Être femme, c'est avoir une pleine conscience de sa vie émotionnelle, en développer la richesse en la vivant d'abord sous une forme solitaire, intime, pour bien la connaître, et ensuite en la dévoilant au monde, en la faisant rayonner autour de soi. L'homme gravite autour de la femme. J'ai eu la chance de rencontrer deux hommes suffisamment éclairés justement pour dire que la femme est l'astre dont dépendent le monde et l'homme. Ils en admirent les charmes, la sensibilité qui lui donne une meilleure compréhension du monde, sa capacité à en voir la noirceur pour mieux essayer de le repeindre de Beau, d'y jeter des touches de lumière.

J'en suis arrivée à m'apercevoir que la femme qui incarne le mieux la féminité est la femme artiste. Elle est belle et vraie, on la voit, œuvre après œuvre, se créer sous nos yeux. Photographe, peintre, écrivain, sculptrice, actrice, compositrice, elle se crée en -dehors de soi, dans un autre corps, dans sa création, une création où s'incarne son âme. Elle voit ce que tout le monde ne voit pas, et cet univers, à la fois réel et plus beau, à la fois celui de tous et le sien propre, se manifeste dans un cliché, un tableau, une chanson, un alter ego. Elle joue avec la réalité, délicatement, subtilement, la recrée légèrement, la recompose, la module, la colore, l'enchante : elle est maîtresse de son jeu, de son univers (mot souvent utilisé chez les artistes). Elle paraît toute puissante quand on voit l'œuvre achevée mais on lit pendant l'acte de création l'humilité et la fragilité émouvante d'une main qui modèle, apprivoise une matière, la fait naître, qui effleure un pinceau, caresse une palette de nuances, se couche par touches sur la toile, à coups violents ou plus doux, dans un brouillard d'incertitudes parfois, à dissiper lentement pour composer son propre ciel. Il rayonnera d'autant plus d'avoir déchiré des voiles de doutes et des brouillons nuageux. La trouvaille est plus belle d'avoir été longtemps cherchée, la lumière brille plus d'être née de l'ombre. Peu importe que ce ciel soit différent de celui qui s'étend à l'infini dehors, c'est mieux même qu'il le soit. C'est son ciel, son petit chez-soi mieux que le grand chez les autres.

La femme artiste ne crée pas seulement un être :

elle enfante un monde.

      Et elle se crée elle-même par son art, dans son art. Comme une sirène, elle traverse une jolie rivière d'encre noire ou de couleurs à tableau, qui la mène sur une rive où elle sera libre et elle-même, elle traverse en allant vers elle, un pont entre elle et les autres. Parler de soi rejoint souvent à parler des autres, aussi singulier soit son parcours. Parvenir à se réaliser soi permet souvent de mieux aller vers les autres.

      J'en viens à parler de la femme artiste qui est selon moi la plus belle réalisation de la féminité, incarnée, assumée, pleine, à l'âme charnelle : c'est l'artiste danseuse. Son propre corps est son art, qu'elle crée et recrée au gré des chorégraphies. Dans une danse réussie, elle connaît la forme la plus épanouie, la plus épanouissante de la féminité, en mêlant une intériorité profonde et un don total aux autres, au public. Elle expose intégralement son âme, plus que son corps, par l'implication des gestes, des mouvements, des regards. En connexion avec ses émotions les plus intimes, elle fait le tour de force d'afficher avec puissance sa fragilité. Elle suscite une émotion d'ordre esthétique, mais aussi sensuel, voire sexuel. Elle représente la communion parfaite avec son propre corps, et la fusion avec le corps de l'autre, dans les danses de couples comme la rumba ou la salsa qui sont des danses particulièrement féminines et sexy. Certaines danses semblent une urgence de vivre, chaque geste est tellement intense qu'il semble affirmer : « je vis ! Je suis ! ». C'est le cas dans la danse contemporaine, où la femme revient à une forme d'animalité avec juste ce qu'il faut de conscience de l'intention à porter dans chaque mouvement. L'intelligence doit se plier devant l'instinct. Femme chatte, femme panthère, femme serpent, femme oiseau, démarche féline, mystérieuse, provocante, regards aériens ou foudroyants, elle investit la terre et l'air de jeux de mains, de bras, de jambes qui jettent leurs arabesques, mais c'est une histoire vraie, une histoire sans paroles qui s'écrit. La danse va du jeu érotique au cri de vie, particulièrement dans le contemporain où s'exprime la violence magnifique du corps, alliée à l'âme. La femme y déploie son « je ». Cette maîtrise du langage de son corps, cette liberté folle, disent la liberté de l'esprit de la danseuse. Sans pudeur et sans impudeur, elle fait l'art avec son corps comme on fait l'amour. J'en ai été persuadée en regardant l'émission télé « Danse avec les stars ». D'abord les danseuses professionnelles, chargées aussi de créer les chorégraphies, les histoires, explosent de sensualité et de liberté en livrant totalement leurs corps et leurs âmes sur le parquet. Quant aux candidates, prises en charge par les danseurs professionnels, elles avouent souvent une certaine timidité en arrivant dans l'émission, et puis on les voit évoluer dans leur rapport à leur corps, à leur féminité, prendre de l'assurance, devenir capables de transmettre leurs émotions à travers leurs mouvements et devenir plus femmes. Parce qu'elles osent, et dépassent des limites qu'elles s'étaient fixées. Beaucoup ont parlé d'expérience initiatique à travers l'émission, d'une révélation de leur être profond, d'une mise à nu sur scène, dans chaque nouvelle danse, d'une facette intime de soi, parfois inconnue d'elles-mêmes ou enfouie. Elles ressortent de l'émission plus femmes et plus libres. J'en retiens que devenir femme passe par la libre expression, spontanée et sincère, de son corps, sous une forme artistique, ou amoureuse (je reviendrai sur ce point).

Plonger dans son monde intérieur permet la plongée dans le monde extérieur aussi. Par toute forme d'art. J'en ai fait, moi aussi, l'expérience étonnante, mais par l'art de l'écriture.

Écrire est un acte intime, solitaire, une rencontre entre soi et soi et un acte fondateur : on met au monde des mots, souvent en gestation longtemps dans la tête, dans le cœur avant d'éclore. Ils bégaient parfois, sont mal formés, imparfaits, comme un nouveau-né, ils crient aussi, alors on les fait grandir, on les transforme un peu, pas trop, pour leur laisser cette vérité du premier cri, qui s'expulse après des mois de silence, de douleur parfois, cri de victoire d'être enfin sortis, appel au monde aussi, cri d'existence, parole longtemps tue. Parole hésitante, bancale, chancelante, puis plus affirmée, plus sûre, plus maîtrisée. J'ai écrit très tardivement, parce que je n'ai longtemps eu envie de rien, et j'ai longtemps eu l'impression de n'avoir rien à dire. J'ai longtemps gardé des mots pour moi, prisonniers comme je l'étais moi-même. L'écriture libère la femme. J'en témoigne. On peut oser par l'écriture. Une fois les choses écrites, elles existent, pour de bon. L'art et l'amour sont les deux sources de libération de l'être, et de la femme en particulier. La liberté s'acquiert quand on ose créer et montrer ce que l'on a créé. Si l'on a la force de continuer à affirmer son art, à assumer ses écrits, quels que soient les regards, les avis, les jugements, les discussions, positives et négatives, c'est que l'on a réussi à trouver son identité, à exprimer ce que l'on est vraiment et que l'on est vraiment libre. Une femme libre, on ne peut pas grand-chose contre elle. Et elle peut alors s'épanouir dans un univers qui est vraiment le sien et devenir de plus en plus femme, de plus en plus belle en étant de plus en plus elle. Dans mon cas, les écrits ne sont pas des romans policiers, historiques, fantastiques, ou encore de science-fiction. La part de soi est présente dans ces genres-là, comme dans tout livre, mais moindre que dans des écrits sur des sujets de société, des romans psychologiques, des poèmes aussi, ou bien sûr des témoignages ou des récits de vie. J'écris sur la vie intime. La mienne ou celle de mes personnages. La vie de leur cœur, de leur corps, leur parcours, leur évolution, à travers des épreuves, des souffrances. Rares sont ceux qui ont pu échapper à la souffrance dans toute une vie, celle qui déchire au point de changer sa personnalité, sa façon de voir l'existence, au point de remettre en cause la vie parfois, et sa propre vie. C'cst l'expérience de l'absence et du chagrin d'amour qui m'a conduite à l'écriture longue, au livre, et à la publication. Ecriture solitaire, paradoxalement pour peupler la solitude, faire un pont de mots vers l'homme absent ; écrire sur lui, parler de lui, pour être avec lui, fixer des souvenirs, les garder vivants, palpitants sous la plume pleine de larmes ; lui écrire, lui parler. L'écriture n'était pas là pour guérir les blessures, elle était là pour les montrer, les ouvrir, à vif, éventrer la page. Mon écriture est une plaie, béante. Mes mots suintent, coulent, saignent, par toutes les lignes. Même dans la retenue, on sent je crois, à travers Marie, mon double à peine déguisé, à travers Raphaël, ce petit qui a perdu sa maman qui comptait plus que tout, la douleur de la perte qui a été à l'origine de mes livres. Cet homme que j'ai aimé avec passion, mon premier amour, qui m'a manqué à un point que je ne parviens pas à décrire comme je le voudrais ; mais je l'écris déjà mieux que je ne saurais le lui dire, à lui. Et j'ose espérer qu'il serait bouleversé de me lire. Cela va au-delà de ce qu'il imagine sûrement. Pourquoi ne pas lui envoyer ces livres à lui seulement alors ? Pourquoi essayer d'être publiée ? Pourquoi partager avec d'autres, se dévoiler, s'exposer ? Parce que cet homme, je ne peux pas aller jusqu'à lui, il a une vie en-dehors de moi. Je ne le vois plus, je ne sais plus rien de lui, et c'est là mon drame.

Alors pour lui dire mon amour, ma souffrance, je dois les dire à tous, afin d'avoir une chance qu'il apprenne que j'écris, que je lui écris. Afin d'exister encore à ses yeux, et pas qu'un peu. Afin de faire ce que personne n'a jamais fait pour lui. Et bien lui montrer que personne ne l'aimera jamais comme moi. L'amour c'est l'audace, c'est la liberté. L'écriture aussi. Écrire son amour, son amour malgré l'interdit, c'est un cri de liberté. Même si personne ne sait à qui j'adresse ce cri… Quelqu'un, j'espère, le saura, et c'est ce quelqu'un qui m'importe. Pour lui, pour faire vivre encore notre amour dont j'ai besoin, je brave la timidité qui a été longtemps la mienne, je brave la réserve qui a été longtemps la mienne, je brave le silence auquel j'ai été réduite, je brave mon éducation, je brave mon orgueil qui disait toujours de ne pas montrer ses blessures, ses souffrances, ses faiblesses. Je suis à terre, oui, et qui a dit qu'une femme terrassée par l'amour était pathétique ? Elle le sera si elle se fait toute petite, honteuse, si elle se ratatine et se cache. Une femme amoureuse est belle. Elle peut assumer d'avoir un cœur qui bat, une sensibilité, le revendiquer même. Je n'ai jamais renié cet amour, et ne le renierai jamais. Je ne me suis jamais trompée sur l'homme pour qui j'ai écrit, je connais ses qualités et ses défauts. Il m'a fait beaucoup de mal, involontairement surtout, mais il m'a aimée, beaucoup, aussi. Et sans cette rencontre, sans cette rupture (qu'il ne voulait pas non plus), je n'aurais pas acquis cette audace, cette force nouvelle, qui fait que l'on assume tout. Et que l'on dépasse ses propres limites, que l'on pulvérise sa propre cage. Au fur et à mesure des livres, ma liberté a grandi. J'ai exprimé, me semble-t-il, à travers mes personnages, de plus en plus de sentiments précis, dans une écriture toujours plus précise et vraie. And « writing is sexy ».

Je dois dire aussi que l'expérience de la lecture a été première dans cette liberté, avant celle de l'écriture. On peut ne pas être « dans la vie », longtemps, ne pas faire grand-chose d'une vie qui nous encombre, rester relativement passive parce que l'on n'a pas de but, pas d'envie, seulement un mal être profond, et des souffrances. Pour autant, on connaît la vie, parce que l'on est spectatrice. On se tait, et on observe. On observe le peu de gens qui nous entourent, et tous ceux qui peuplent la littérature. J'ai beaucoup lu, à l'adolescence surtout, et les plus grands…, les plus réalistes aussi. Balzac, Zola surtout, ont su me montrer la vie, le fonctionnement d'une société, les turpitudes humaines. Un monde sans fard, avec une belle écriture : voilà le monde que m'offraient les romans, la vraie vie en fait, à côté de la mienne qui était si triste. On connaît tout sans l'avoir vécu, par les livres. Après la rupture avec mon premier amour, j'ai eu une période « pré-écriture » où j'ai lu de grands livres, en lien avec la passion amoureuse, avec la jalousie, avec la différence d'âge dans le couple : *Du côté de chez Swann* de Marcel Proust par exemple, et *Jane Eyre* de Charlotte Brontë. Je parlais avec Yannick, dans ma tête, de mes lectures. Dans des lettres aussi. Avant d'en venir à l'écriture libre de *Dans la peau*, j'ai découvert des livres plus contemporains, avec une écriture que je ne connaissais pas, une écriture qui palpite, qui vibre, qui vit, qui a un corps : une écriture du désir. J'ai changé de point de vue sur l'autofiction avec Adeline Fleury et son *Petit éloge de la jouissance féminine*. Là où je voyais de l'impudeur, dans les confidences intimes de l'auteur, j'ai vu du courage et de la liberté, une liberté de femme surtout, qui assume tout de son expérience et qui la partage, non par exhibitionnisme ou opportunisme et ambition, mais pour évoquer l'universel et dire ce qu'est une femme amoureuse. Sans honte d'être ce qu'elle est. Sa démarche est puissamment littéraire bien sûr, car Adeline est une amoureuse folle de l'écriture avant tout, mais c'est aussi une réflexion de femme sur la féminité, plus qu'une parole individuelle narcissique. Elle vise à parler à toutes les femmes et de toutes les femmes en parlant d'elle. Son écriture audacieuse, charnelle, montre un esprit libre, libéré, et n'est pas vulgaire. La lecture ensuite de livres de Delphine de Malherbe, ou de scènes ponctuelles de désir dans d'autres livres de femmes de mon siècle m'ont fait comprendre que ces auteurs véritables défendaient une langue du désir, et que l'on pouvait montrer l'amour charnel en choisissant les bons mots, les beaux mots, sans rien cacher, sans rien déguiser, sans rien salir non plus. Et qu'il fallait des femmes comme elles qui osent pour guider les autres vers le chemin de l'acceptation et de leur propre liberté. Je leur dois quelque chose, je crois, même si l'essentiel du chemin est personnel. On a toujours besoin d'aînées pour montrer la voie. Faut-il parler d'écriture féminine ? Je crois oui. Certaines femmes en tout cas trouvent mieux les mots pour me parler de désir, avec une « poésie crue », en associant le désir à la passion. Les quelques hommes que j'ai lus sur le sujet (peu) ont moins su me plaire : le ton était différent, moins délicat. Il manquait deux ailes au cul.

Je ferai ici un aparté sur la particule (qui anoblirait la femme ?) que l'artiste semble vouloir donner maintenant à sa fonction : écrivaine, autrice ou auteure sont des termes que je n'aime pas vraiment. Je trouve plus pertinent de revendiquer dans l'écriture une fonction (en l'occurrence je suis un être humain qui écrit, qui publie un livre) plutôt qu'un statut de femme. À moins que l'on ne considère qu'il y a une écriture de femme et qu'il faut absolument l'annoncer. C'est peut-être le cas pour parler d'amour et de désir (et je n'en suis pas certaine), mais pour des livres qui traitent d'autres sujets (histoire, polar, …) le sexe de l'auteur n'a pas d'importance et ne donne pas de plus-value. Pourquoi cette revendication féroce du sexe dans la fonction d'écriture (et dans tous les métiers d'ailleurs) ? Je le verrais presque comme un aveu de faiblesse dans la fonction. Mettre l'accent sur le statut de femme n'a pas lieu d'être dans ce contexte. Les féministes donnent l'impression qu'il ne faut voir que la femme dans la femme maintenant, qu'elle n'existe que par ce statut, et qu'il faudrait presque, parce qu'elle a subi des inégalités (et en subit encore), la hisser plus haut que l'homme uniquement parce qu'elle est née femme. On doit retenir dans l'auteur son œuvre d'auteur, son écrit, sans insister sur son sexe. Dans l'écriture elle doit être auteur avant d'être femme. Et jugée sur sa création. L'appellation unisexe « artiste peintre » par exemple me plaît beaucoup. « Photographe » vaut pour les femmes et les hommes aussi, c'est très bien. Les féministes acharnées m'horripilent ; je les trouve souvent contre productives à voir des combats partout, même là où il n'y en a pas. Des affiches publicitaires pour la lingerie par exemple sont remises en cause : elles sont souvent superbes, et je préfère les voir comme un hommage à la beauté de la femme que comme une incitation à l'utiliser comme objet sexuel. Ne pas perdre de l'énergie sur des broutilles, se concentrer sur les vrais combats, comme les violences conjugales, le viol… Les féministes outrancières perdent en crédibilité en représentant tous les hommes comme des prédateurs et toutes les femmes comme de potentielles victimes de tout : d'une attitude, d'un mot, d'un regard. La femme peut se défendre de beaucoup de choses, lui en laisser l'opportunité lui permet même de s'affirmer, de montrer sa force et d'être respectée de l'homme (qu'elle remet en place par exemple pour une petite blague). La femme a la force d'être sujet dans beaucoup de domaines, il faut cesser de voir partout la volonté d'en faire un objet. Dans l'art particulièrement, devant l'objectif, devant un pinceau, elle est surtout sujet, elle inspire, on la met à l'honneur, en valeur ; elle est modèle. Modèle… Voilà un mot qui la représente idéalement, non ? Aparté clos.

Lire, écrire, publier, voilà mon expérience artistique personnelle, qui m'a menée vers plus de liberté et de féminité. Je suis femme de maux, femme de mots. Quand après avoir eu le courage d'écrire soi-même, on publie, on a parfois la chance d'être lue. Par peu de gens, peu importe. On parvient à une étape nouvelle, d'autant plus pour moi qui étais très isolée, par choix et par obligation aussi : c'est l'étape de l'échange avec d'autres sur une histoire, sur une écriture. Sur leurs histoires aussi. Des femmes se reconnaissent dans certaines choses que je peux écrire, on me confie des histoires de cœur. Moi-même, après avoir été lectrice impactée par certains livres, je me retrouve « influenceuse ». Ce n'est pas arrivé si souvent, mais tout de même. Certains de mes livres ont provoqué des émotions durables, ont fait réfléchir, ont réveillé des souvenirs, ou influencé des décisions. Certains passages ont suscité l'admiration littéraire. Cela renforce la confiance en soi, et rapproche de l'humanité. L'écriture m'a rapprochée de moi-même et des autres. De moi-même parce que je peux parler de choses qui me tiennent à cœur, avec ma sensibilité, ma sincérité, sans faux-semblants, sans jeux de rôles, des autres parce que j'accepte d'échanger avec eux maintenant, sur ce que j'écris, sur mon parcours, sur ma véritable identité, y compris mon identité de femme. En écrivant et en en parlant, je comprends mieux qui je suis, quelle femme je suis. Et ce qui est écrit est assumé. Une femme qui écrit sur elle s'assume, est libre. Je n'aurais jamais imaginé faire cela à vingt ou à trente ans. Il a fallu quarante ans je crois. Et l'on se sent encore plus femme quand on apporte quelque chose à d'autres femmes, quand on les inspire et qu'on leur permet, par l'exemple, de trouver leur propre vérité. Cette thérapie pour moi-même se continue en permettant celle des autres, de quelques femmes qui m'ont lue, se sont reconnues dans mes mots, et ont trouvé la force et la confiance de m'en parler. Et d'un homme aussi. Cet échange de mots, de vies, à partir surtout de mon livre *Dans la peau,* a été une évidence profonde avec un lecteur, qui est devenu mon mari. Définitivement, « writing is sexy ».

Chapitre 7 : L'homme est-il le devenir de la femme ? (Et réciproquement)

Est-ce que je déclare avec Aragon : « la femme est l'avenir de l'homme » ? Bien sûr oui, tout comme l'homme peut être celui de la femme. La chanson de Jean Ferrat, si connue, m'a inspiré ce titre de chapitre qui vient clore cette réflexion sur la femme et son essence. Car comment parler de la femme sans parler de l'homme ? Dans quelle mesure participe-t-il de son identité ? Je pense que la femme peut difficilement advenir sans l'homme, et vice versa, dans la mesure où leur rencontre se fait sous le signe de l'amour. Je précise ici, avant d'aller plus loin, que c'est cette notion d'amour partagé, dont je vais décrire les bienfaits, qui mène ma réflexion et qui ne me permet pas de nier qu'un amour entre femmes peut tout à fait faire naître une femme à elle-même. Seulement mon livre étant porté par un regard intime (qui vise bien sûr une forme d'universalité), je ne peux évoquer la création d'une femme par une autre femme amoureuse, n'ayant pas connu cette relation. Que l'on ne m'en veuille donc pas de parler d'amour homme-femme exclusivement…

Si la femme est l'avenir de l'homme, elle est aussi son devenir ; elle participe à sa création, et l'inverse est vrai. L'homme fait devenir la femme. Ils opèrent en fait en se côtoyant, et en s'aimant, une création mutuelle, une co-construction de leur identité. Je pense que l'on sent quasiment immédiatement la personne qui va changer notre vie et nous permettre de nous réaliser. Je crois en l'évidence. Les conditions de naissance de mes deux amours, surtout le second, me font dire que l'on se sent femme quand on a l'impression d'avoir créé de la magie dans ce monde si ordinaire, et si laid souvent. Avec Yannick, une séduction évidente par la voix, au téléphone, un enchaînement de hasards qui ont créé une rencontre qui ne devait pas arriver. Un homme qui tombe amoureux de ma voix. Avec Roger, une séduction évidente par les mots d'un livre que j'avais écrit pour un autre. Un homme qui tombe amoureux de mon écriture. Deux rencontres à distance. L'impression d'écrire une histoire romanesque, et pourtant ces deux hommes, réels, ont repris vie dans mes yeux. Des obstacles dans les deux cas, et la force de l'évidence qui crée la relation, tout de même.

Il y a évidemment des femmes célibataires, de longue durée, dont je ne renie pas la féminité. Elles peuvent rester femme sans la présence d'un homme dans leur vie, mais parce qu'elles en ont connu un ou plusieurs à un moment de leur vie. Ces rencontres ont permis la construction d'une identité de femme, pas seulement sexuelle, une identité durable. Pour les cas de femmes que j'ai pu observer autour de moi qui, je le pense, n'ont pas connu de vie amoureuse, une carence de féminité est nette : elles manquent de lumière, d'assurance, de sourires souvent. Elles n'ont pas éclos. J'en parle sans condamner, et c'est un constat que je fais librement, étant moi-même tombée amoureuse tardivement. J'ai découvert la femme en découvrant l'homme. Je ne ferai pas de généralités sur ce point, il doit exister des femmes qui peuvent se réaliser et avoir un certain nombre des atouts de la féminité dont j'ai parlé dans les précédents chapitres sans avoir eu besoin d'un homme pour les révéler, mais je crois que l'homme a une place prépondérante, si ce n'est nécessaire, dans la création de la femme. Il n'y a d'ailleurs pas forcément un rôle actif. La femme peut être active pleinement dans sa création mais l'homme est son moteur, sa motivation, son but. Elle va agir pour lui, pour l'homme qui lui plaît, qu'elle aime. Selon son degré d'attirance pour lui, ou l'intensité de son amour, elle va se construire plus ou moins vite, franchir les étapes, ses propres limites parfois, elle va aller plus ou moins loin jusqu'à atteindre son intensité de femme. Elle va vouloir séduire, par son corps, qu'elle va apprendre à aimer pour que l'homme l'aime, mais aussi par son esprit. Car si la femme est séduction charnelle et prend confiance en son corps pour celui qu'elle aime, elle est aussi séduction intellectuelle. Une femme sans un homme peut évidemment être spirituelle, drôle, mais elle va décupler ces qualités pour un homme. La complicité intellectuelle n'est jamais aussi grande qu'avec l'homme que l'on aime. Les échanges sont teintés de séduction, on joue de mots d'esprit pour plaire. Plus ils sont bons et nombreux, plus la connivence grandit. Les jeux érotiques ne sont pas que des jeux du corps ; ils sont jeux de mots aussi. La femme et l'homme se motivent l'un l'autre, se donnent confiance, développent leurs qualités ensemble, l'un pour l'autre, dans le bonheur de l'échange. Un couple heureux est un couple où chacun essaie d'être meilleur pour l'autre, de donner le meilleur à l'autre, en termes de plaisir, d'humour, de beauté de l'âme. Et l'un va avoir à cœur de voir et de développer le meilleur en l'autre. Si l'on ne devient pas meilleur au contact de son compagnon ou de sa compagne, c'est que l'on s'est trompé de personne.

Sans la rencontre avec mon premier amour, je ne sais pas si une véritable féminité aurait éclos en moi. Il en a été en tout cas le révélateur ; j'ai trouvé l'homme avec qui est venue l'envie d'être femme, de séduire, par des mots, par des gestes, par des regards. Avant lui je n'avais pas conscience qu'il faut aimer son corps pour se sentir bien, qu'il faut que quelqu'un vous voie femme pour l'être vraiment. Je ne parle pas des désirs d'homme à qui toutes les femmes peuvent plaire, pour qui elles sont interchangeables. On ne se sent pas femme dans le regard désirant d'un homme qui passe, au contraire. J'ai toujours évité ce genre de rencontres qui rabaisse, mais je sais que cette opinion n'est pas forcément la plus répandue. Les femmes aiment plaire, être regardées, le plus souvent, quand les hommes restent respectueux évidemment. Ce n'est pas mon cas. Ces regards fugaces ne m'intéressent pas. Ils m'indiffèrent maintenant, parce que je suis assez forte, avant je me serais sentie salie. M'importe un regard qui ne se poserait pas sur tout le monde, un regard qui m'a distinguée vraiment. Un regard amoureux. Se pose toujours la question de savoir, en règle générale, si l'on peut exister sans le regard des autres, si ce sont les autres qui nous font exister. Ayant très longtemps connu la solitude, je sais que je n'ai pas besoin du regard des autres pour savoir qui je suis, quelles sont mes valeurs et ne pas en dévier même si c'est au prix de la solitude car ma vérité m'importe plus. Cependant je n'étais pas heureuse, et plus : je n'avais pas envie de vivre. J'avais une identité propre, sans l'autre, sans l'homme, mais je ne me sentais pas exister, je ne me sentais pas vivante. Je dois reconnaître que c'est la rencontre avec l'autre qui m'a fait naître. Il ne m'a pas rendue heureuse, mais il m'a fait vivre, dans mon corps et dans mon âme. J'ai eu envie de vivre en le rencontrant. On peut avoir envie de vivre pour soi, mais avant cette étape j'ai eu besoin de vivre pour l'autre. Alors je pense sincèrement que l'amour permet de révéler des qualités, des envies enfouies en soi, il donne la force de les mettre au monde, de les développer, de les assumer, en particulier dans son identité de femme. J'ai gardé des empreintes de cette identité pendant mes années de célibat après le départ de mon premier amour, des traces seulement, que je maintenais, non pas pour moi, mais pour lui, pour correspondre encore un peu à l'image qu'il avait de moi.

Cette identité est revenue pleinement avec le second homme de ma vie, qui est ma renaissance. J'existe dans son regard amoureux, j'ai confiance en ma féminité. D'autant plus que j'en vois les effets magiques sur moi, mais aussi sur lui. Être une femme change la vie. C'est un pouvoir même. Et une thérapie pour soi et pour l'autre. J'ai vécu quelque chose d'extraordinaire avec mon mari du point de vue de ma féminité. J'ai atteint un degré extrême. Un vertige de la féminité. Car j'ai l'impression d'avoir créé un homme. Après avoir connu ce vertige d'une féminité révélée, brutalement, intensément, j'ai vécu le vertige de la féminité qui révèle. Le mot création est beaucoup revenu dans ce livre : la femme est celle qui crée, un enfant, une œuvre, c'est celle qui donne, de la lumière, de l'amour, par son corps, son âme, son art. Et puis il y a la femme qui se sent entière quand elle a créé un homme.

Mon mari, avant moi, ne se sentait pas exister en tant qu'homme, dans son identité virile. Il m'a beaucoup émue au tout début de notre relation d'abord amicale en m'écrivant que l'absence d'amour reçu lui donnait l'impression d'être transparent dans ce monde. Maintenant il est métamorphosé et se sent exister. Il est même heureux, lui qui ne voyait l'avenir que comme « *une étendue glacée* ». « *Tu m'amènes à l'amour comme on donne la vie* ». Il est celui qui m'a dit et écrit sans cesse que je lui ouvrais un monde d'amour qu'il croyait définitivement hors de sa portée, que je lui faisais éprouver des sentiments et des désirs divins, que son cœur avait recommencé à battre et que j'étais une magicienne, que cet automne où l'on s'est connus était plus beau que tous ses anciens printemps. Je suis sa terre promise, il me l'a écrit ainsi, une nuit de novembre 2018 : « *Cette terre promise, je m'y roule, je m'y love, ma peau en est aussi amoureuse que mon cœur, et je rêve d'y être enseveli. Il n'est pas de jour sans que je pense à la rejoindre, pas de nuits sans que je ne désire la parcourir encore et encore, et la sentir trembler, frémir sous mes doigts. Je veux m'ériger en elle. J'étais poussière, elle m'a fait homme. Elle est la palette où je décline, où se déclinent toutes les nuances de l'amour. Je me suis mis en route vers elle, cette terre que je n'espérais plus, et elle m'a accueilli, généreuse, amoureuse. Je vole vers elle, avec désir, amour et joie. Avec cette terre, je bâtirai notre avenir, car ma terre promise, sous laquelle gronde un cœur généreux, immense, écho au mien, porte ton nom et célèbre ton être.* » Être le territoire de quelqu'un, où il peut vivre, librement, être son paysage amoureux, être la peau où il peut écrire, composer sans fin une histoire, une ode…, le regard bleu qui lui ouvre le ciel. Lui appartenir, librement. Voilà l'amour au féminin tel que je peux le concevoir, avec un homme dont l'amour est absolu. Un homme que je construis comme la maison qui m'abritera. Mon refuge. Et qui m'a reconstruite de ses mots d'abord, éternels hommages, renouvelés tous les jours, toutes les nuits pendant la première année de notre relation, hommages à mon âme qu'il aime découvrir et qui lui plaît tant, et à chaque partie de mon corps, recouverte des plus belles fleurs d'encre. Chaque mot qu'il a déposé dans notre nuit commune a allumé une étoile dans nos cœurs meurtris. L'écrit perce la nuit. Comment ne pas essayer d'être à la hauteur de tout ce qu'il voit en moi, alors que chacun de mes gestes, de mes mots, chaque pore de ma peau, représentent pour lui des idéaux, alors qu'il me voit comme sa muse, son amante, sa femme, la femme de sa vie, son auteur préféré, son tout ? « *J'aime ta voix, tes mots dans le matin, tes mots qui repeignent d'azur un ciel de plomb et font disparaître la pluie, le vent et le crépuscule* ». Un homme que j'ai appelé dès le départ « mon albatros » parce qu'il me semblait exilé sur le sol, empêché de voler, sans amour, sans « Elle ». Et « elle », c'est moi, moi qui lui ai donné ses ailes de géant, qui l'ai vu se déployer, trouver un espace à sa mesure, pour ses mots si longtemps enfouis, son cœur tari depuis trop longtemps. Tout criait en lui son désir d'envol et sa souffrance d'être au sol, boiteux, maladroit. Je l'ai guidé vers ces contrées où l'on peut rire à deux et tout partager, j'ai vu son âme éclore et se lire sur son visage, enfin. Mon prince des nuées, le royaume des cieux lui appartient. On fait peau neuve ensemble, il régénère mon cœur usé d'avoir trop aimé, je soigne le sien épuisé d'avoir trop attendu de pouvoir aimer. On s'est dépouillés du passé, et on se réchauffe l'un l'autre. Il ne fait plus jamais froid, enveloppés dans notre amour. Comme je le lui ai écrit un 14 février, jour de nos fiançailles : « Nos cœurs sont deux ancres qui s'arriment solidement à l'avenir aujourd'hui, ensemble ; de nos bouches coulent deux encres qui disent oui à la vie, enfin, sur le papier et dans la réalité ; elles déposent des baisers et des mots doux qui parsèment notre chemin du bonheur : ils sont nos guides pour ne jamais le perdre. »

Comment ne pas se sentir femme auprès d'un homme auprès de qui je peux être entièrement naturelle, moi-même, car tout lui plaît chez moi et fait son bonheur… Voilà encore ce qu'il m'écrit, une nuit de décembre 2018 : « *Contemple-toi, mon amour, dans le miroir sombre de mes yeux, et tu y verras la plus belle femme du monde. Moi, dans les tiens, je vois un homme, enfin, follement amoureux. Ton homme. Je ne crains pas de me frotter au saphir de tes yeux, je sais les épreuves qu'ils ont endurées, je les veux à jamais conjuguées au passé. De mes bras, de mon cœur, je ne veux pour toi que les caresses du bonheur. Je ne veux d'autres empreintes sur la neige de ta peau que les traces de notre désir. Partager avec toi cet indicible bonheur d'aimer et d'être aimé. Il me semble que je n'ai passé ce demi-siècle qu'à t'espérer, qu'à t'attendre ; et je sais à présent que la destinée de mes mains était de se mêler aux tiennes, tout comme celle de mon cœur était de se fondre avec le tien. Ma belle enchanteresse, tu as insufflé en moi, par la magie de tes mots, une vie nouvelle ; et j'ose espérer que le charme des miens te fera don du bonheur que tu mérites, de la joie d'être cette femme exceptionnelle, belle, audacieuse et courageuse, ma femme, toi, Karine. Je t'aime* ». Est-ce que je mérite un tel éloge ? En tout cas, être cette femme-là dans le regard de l'homme que l'on aime, cela permet de tendre vers cet idéal, d'être meilleure, et plus femme encore. C'est une résurrection de la féminité pour moi, la naissance d'un vrai sourire sur mon visage, d'un rire qui se déploie ; c'est une naissance pour toi, mon amour, de pouvoir aimer comme tu l'as si longtemps rêvé, de pouvoir l'exprimer, et de recevoir de l'amour, des mots d'amour. Ces mots que nous partageons ne sont pas un exercice d'auteurs ; ils sont sincères, renvoient à une réalité. Nos âmes sont sœurs, nos esprits ont communiqué tout de suite, par-delà la distance géographique, et même séparés, nous avons ressenti une proximité que nous n'avions jamais connue, et surtout la possibilité de tout partager. Nous revivons tous les deux dans le bonheur de pouvoir enfin dire et redire ce mot qui nous a manqué : « Ensemble ». Et aussi « Nous ». Sentir une âme toujours mêlée à la sienne, une main toujours dans la sienne, même dans l'absence, c'est cela aussi exister en tant que femme. Je sais que je suis le centre de ses pensées, à chaque instant, qu'il n'y a personne d'autre et qu'il n'y a eu personne d'autre en quelque sorte. Être numéro un de la vie d'un homme, je l'ai tellement souhaité par le passé, je le suis aujourd'hui, et pas de n'importe quel homme. Un homme à la fidélité sans failles, en qui j'ai autant confiance qu'en moi-même, un homme aussi spirituel que sensible, un homme exceptionnel.

Et quand on s'ouvre à la beauté d'un amour, on devient femme, pour son homme et pour les autres aussi, car aimer, dans l'équilibre et l'harmonie d'une relation partagée, épanouie, ouvre au monde. On a une vision plus confiante et plus belle du monde. On voit les belles choses que l'on ne pouvait pas voir avant, et l'on a même envie de participer à créer un peu de beauté autour de soi. Roger, tu as conscience de cette chance de pouvoir voir le monde autrement depuis que tu as rencontré le grand amour. Tu m'as écrit en décembre 2018 : « *Tu m'ouvres à la beauté du monde par la beauté de ton amour, et j'espère faire de même pour toi. Tu es le plus beau cadeau que la vie pouvait me faire, tu es la vie même. Je le sens lorsque nos poitrines se pressent dans l'amour, que nos cœurs veulent se fondre autant que nos âmes. Je t'aime Karine, j'aimerais le crier, le dire, l'écrire mieux encore pour souligner à quel point tu donnes du sens à la vie et au monde et à quel point je désire faire de même pour toi, mon ange. Je t'aime, Karine, et avec toi, le monde est sublime* ». Toi aussi tu donnes du sens à ma vie, à la vie, mon chéri, car comme je l'ai toujours dit, l'amour et l'art sont les seules choses dignes d'être vécues. Et pouvoir entendre, et dire, et écrire des mots tendres et intenses comme ceux-là, cela permet de savoir pourquoi on existe. Et de fuir maintenant la tentation de la mort qui a longtemps été la mienne. Représenter la vie pour quelqu'un, pour toi... Comment aurais-je pu le croire, quelques années en arrière ? Moi qui étais du côté de Thanatos, ou d'Eros et Thanatos mêlés étroitement... C'est toi qui me donnes envie, de rire, de séduire, de donner du beau. Et je sais que mes rires, mes sourires sont la condition des tiens. Je suis une partie de toi-même comme tu es une partie de moi. C'est pourquoi j'aime tant les mots « ma femme », et « mon homme, mon mari ». Je n'y vois pas du tout une envie de possession, de pouvoir ou de domination, pas du tout une façon de dire : « tu m'appartiens, comme ce meuble, cette maison », une façon de dire « tu n'es plus libre, tu es à moi » ; non, c'est dire : « je te considère comme une partie de moi, tu ne m'appartiens pas, tu es en moi, tu fais partie de mon identité, je ne peux pas être moi-même sans toi. »

On ne naît femme que partiellement, on le devient, et l'amour, donné et reçu, y participe. L'amour m'a fait naître une première fois, la force d'un amour, d'un désir pour moi ; il m'a fait renaître, une seconde fois, des cendres du premier, par la force plus grande d'un homme amoureux absolu, que j'ai révélé à lui-même, que j'ai créé en quelque sorte. C'est un lien indéfectible. En mars 2019, mon chéri écrit : « *J'ai découvert une femme comme on découvre une île, fatiguée d'être déserte et seule sur l'océan des jours. Dans l'eau bleue de ses yeux, j'ai osé me plonger. Et j'en suis ressorti plus homme que jamais. J'ai parcouru, fou de joie, la neige de sa peau. Et sa blancheur de page vierge a suscité mes mots. J'ai voyagé sur ses collines, ses vallées, me suis enivré de sa source secrète. Éveillé par elle à la vie, à l'amour, par la magie de sa chaleur, de son azur, je lui ai donné l'eau sombre de mes yeux pour irriguer son cœur si grand. Elle m'a donné sa chaleur, sa douceur et sur elle je me suis étendu, éperdu de désir et répondant au sien, me relevant plus homme que je ne l'avais rêvé. Dans le mien, son cœur s'est épanché, dans le sien mon cœur s'est déversé. Je ne veux pas d'autres terres, je ne veux pas d'autres cieux que son âme si belle comme on découvre une île. Et tous deux seuls sur l'océan des jours, autrefois naufragés, aujourd'hui fiancés, nos rires se répondent, nos désirs se confondent. Je me suis fait soleil pour réchauffer son cœur, elle s'est faite étoile illuminant nos nuits. Je me suis fait vent tiède pour dégager son ciel, elle s'est faite caresse pour me donner le sien. J'ai découvert l'amour, il a pour nom Karine. Elle a versé sur moi la source du bonheur. Je veux être pour elle l'éclat doux de ses heures, son étincelle au cœur pour qu'elle s'éveille heureuse.* »

Alors bien sûr, surtout à l'heure où le féminisme soutient, encourage la femme à exister par elle-même, pour elle-même, il lui est possible plus qu'avant d'oser être elle-même, et de manifester des qualités qui n'étaient pas vues sûrement comme telles à d'autres époques, il lui est possible, même célibataire, même sans être amoureuse et sans être aimée, d'être ce que je décris dans ce livre, sensuelle, souriante, lumineuse, sensible, le regard plein de grâce et bienveillant sur elle-même et sur le monde, mais ces qualités, pour moi, existeront plus fortement, plus intensément si un homme pleinement amoureux les lui reconnaît et lui permet de les développer davantage. Je ne peux prétendre de manière générale, universelle, qu'une femme a besoin d'un homme pour la faire naître à elle-même, c'est ce que j'ai connu, mais je pense avec conviction qu'une femme sera plus femme dans les yeux de l'homme qu'elle aime, avec cet amour partagé qui lui donne de l'assurance. Le regard de son homme magnifie son sourire, agrandit son cœur, la rend plus sensible au monde et à ce qui est beau, l'enveloppe de sa lumière. On est plus femme avec un homme. Avec son homme. Tout comme un homme se sent plus homme, quand il est aimé et désiré par sa femme.

On est femme femme femme en étant unique pour quelqu'un.

EN BREF

Si l'on me posait de but en blanc la question : « qu'est-ce qu'une femme, en quelques phrases ? »

Une femme n'est pas qu'un sexe, n'est pas qu'un ventre.

Elle est regard, elle est sourire, elle est une main, elle est bras qui s'ouvrent et se referment. On attend beaucoup d'elle, elle a la mission de donner, de dispenser autour d'elle de l'amour, du bonheur, par ce qu'elle est, vraiment : désir, création, liberté.

Une femme est un monde à elle toute seule, à la fois simple et complexe, son corps et son âme sont une maison, qui ouvre des portes, qui accueille, une intimité et un refuge.

Une femme est la nature, dans ce qu'elle a de plus beau, avec des racines et des ailes qui lui servent de repère pour elle-même et d'appui, d'envol pour les autres, son homme, sa famille. Elle a en elle à la naissance des graines, des graines de femme, qui pousseront, s'épanouiront en fleurs de beauté si elle sait suivre son instinct, sa sensibilité et son intelligence, en cherchant à se comprendre elle-même et enrichie des rencontres capitales qu'elle fera et qui continueront sa construction. Une vraie femme assume qui elle est, elle est libre.

Elle est lumière, tout en soleils : les deux soleils de ses seins, les deux soleils de ses fesses brûlent son homme de désir et de vie, le soleil de ses cheveux attrape celui du ciel et chauffe la main de celui qu'elle aime ; les soleils bleus de ses yeux rivalisent avec le ciel ; les deux soleils de ses mains dardent leurs doux rayons sur ses enfants. Et le soleil de son cœur, tendre, aimant, sensible, traverse sa peau pour dispenser la joie sur le visage de ceux qu'elle aime, les éclairer, même dans les jours sombres.

Une femme est la rondeur d'un corps, à la fois terre sensuelle et lignes infinies de ciel, rondeurs des gestes, des mots, monde de douceur. Une femme est la rondeur d'une âme, boule de feu, d'émotions, de fragilités qui donnent la force d'une œuvre, qu'elle soit un enfant ou un tableau. La femme est une œuvre, elle se crée perpétuellement, affine ou affirme tel ou tel trait de sa personnalité selon son âge, les épreuves, les rencontres : plus ou moins d'assurance, plus ou moins de sensualité, plus ou moins… Et elle crée autour d'elle, perpétuellement, selon les étapes de sa vie : un homme, un enfant, une danse, … Elle est artiste. De sa vie. De son corps, d'elle-même tout entière ; sa vie doit être une œuvre qui a du sens, qui sait pourquoi elle existe, et qui laisse une empreinte dans la vie des autres. Être

Quelqu'un, dans la vie de Quelqu'un, voilà la réussite d'une vie de femme.

Une femme doit pouvoir aussi tenir pleinement son identité dans une partie d'elle-même : dans sa main amante, sa main artiste, son regard aimant, son regard d'artiste. Tout dire de ce qu'elle est dans un morceau d'elle, dans une posture, une ligne, dans sa finesse, son élégance, sa sensibilité. Et en rassemblant les morceaux, elle est œuvre d'art totale, et œuvre d'amour.

Abécédaire féminin

Amour Art Âme Assurance

Beauté

Création Corps

Désir Douceur Drôlerie

Émotions Estime de soi Érotisme

Force Faiblesse

Grâce

Humanité Homme Humilité

Intelligence Instinct

Jeu Je

K

Lumière Liberté

Main Maturité Maternité Mots

Nudité Naturel

Odeurs

Parfum Peau Poésie

Q

Regard

Sourire Sensualité Sensibilité

Tendresse Toucher

U

Voix Vie

W X Y Z Femme rare

Le dessin de couverture est de « L'Encre rêveuse », alias Violaine Sausset, une artiste normande novatrice d'une grande sensibilité, au talent multiple, dont le sujet de prédilection est le corps de la femme. Elle crée des bijoux uniques et originaux, des toiles, des encres de chine, et son travail le plus remarqué est son utilisation des nouvelles technologies pour réaliser des sculptures en 3D délicates, raffinées et d'une rare poésie ; la mine du stylo 3D est du filament PLA, bioplastique issu de matériaux recyclables. Cette mine, chauffée, donne des créations qui sont comme de la dentelle et qui portent à la rêverie. Artiste reconnue, Violaine a reçu plusieurs prix de la créativité.

Découvrez-la sur sa page facebook, son site lencrereveuse.webnode.fr, et pourquoi pas en exposition…

Merci, Violaine, pour ton aimable autorisation…